Petra Schier

Ein Weihnachtshund auf Probe

Petra Schier, Jahrgang 1978, lebt mit ihrem Mann und einem Deutschen Schäferhund in einer kleinen Gemeinde in der Eifel. Sie studierte Geschichte und Literatur an der Fernuniversität Hagen, und seit 2003 arbeitet sie als freie Autorin. Ihre sehr erfolgreichenhistorischen Romane erscheinen im Rowohlt Taschenbuch Verlag und bei HarperCollins, ihre ebenfalls beliebten Weihnachtsromane u.a. bei HarperCollins und Weltbild.
Unter dem Pseudonym Mila Roth veröffentlicht die Autorin erfolgreich Buchserien.
Sie ist Mitglied in den folgenden Autorenvereinigungen: DELIA, SYNDIKAT und Autorenforum Montségur
Besuchen Sie die Autorin im Internet: www.petra-schier.de

Petra Schier

Ein Weihnachtshund auf Probe

plus Bonus-Geschichte:

Ein Opa unterm Weihnachtsbaum

Neuauflage, November 2022

Umschlaggestaltung unter Verwendung von Adobe Stock:
© ASTA Concept
© adogslifephoto
Herstellung und Verlag:
Petra Schier, Lerchenweg 6, 53506 Heckenbach
ISBN 978-3-96711-961-9

Die Personen und Handlungen im vorliegenden Werk sind frei erfunden. Jegliche Ähnlichkeiten mit lebenden oder verstorbenen Personen sind rein zufällig.
Erwähnungen von historischen bzw. realen Ereignissen, realen Personen oder Orten sind rein fiktional.

Das zärtlichste Wesen auf der ganzen Welt
ist ein nasser Hund!
(Ambrose Bierce)

Prolog

Die Nacht war stockfinster. Durch die Wipfel der Bäume strich ein leichter Wind, der sich weiter unten zwischen den Baumstämmen verfing und zu einem hohlen Pfeifen wurde.

Ein paar Schneeflocken segelten durch die eisige Luft und gesellten sich zu der weißen Pracht, die bereits den Boden bedeckte.

In seinem einsamen Versteck hatte sich Otter fest zusammengerollt, die Schnauze auf die Pfoten gepresst.

Nach Hause, war sein einziger Gedanke. *Ich will zurück nach Hause.*

Doch wie sollte er zurückfinden?

Unglücklich blinzelte er in die Dunkelheit, die ihn wie ein schweres schwarzes Tuch umfing.

In seinem Magen nagte der Hunger, seine Pfoten schmerzten vor Kälte. Ab und zu kroch er aus seinem Unterschlupf, lief ein wenig auf und ab, erleichterte sich und leckte Schnee.

Doch jetzt, mitten in der Nacht, wagte er sich nicht hinaus. Wie so oft in den letzten Stunden setzte er zu einem traurigen Winseln an, froh, wenigstens seine eigene Stimme zu hören.

Plötzlich hielt er inne. Aus der Ferne ertönte ein leises helles Klingeln. Hatte er das nicht schon einmal gehört? Otter hob den Kopf und lauschte. Das Klingeln wurde lauter, schien sich jetzt direkt über ihm zu befinden.

Vorsichtig kroch er aus seinem Versteck und bellte, doch weit und breit war nichts zu sehen. Das Schellen schwebte unsichtbar über ihm in der Luft. Aufgeregt hüpfte Otter auf und bellte wieder.

Im nächsten Moment verstummte das Klingeln, und alles war wieder still.

Verwirrt sah Otter sich um. Was mochte das gewesen sein?

Er merkte, dass der Schnee wieder heftiger vom Himmel fiel, und zog sich in sein Versteck zurück. Dort rollte er sich erneut zusammen und schloss die Augen. Seltsamerweise fühlte er sich jetzt nicht mehr ganz so allein und mutlos.

Morgen, morgen kann ich bestimmt nach Hause, war sein letzter Gedanke, bevor er einschlief.

1. Kapitel

Wasser!

»Wag es ja nicht!«

Herrliches, warmes, duftendes Badewasser!

»Bleib, wo du bist!« Andrea Rehlmann fixierte den struppigen braunschwarzen Mischling mit bösem Blick.

Otters Hinterteil wackelte hin und her, seine Rute klopfte im Stakkato gegen die Badezimmertür. Dann machte er ein paar Schritte rückwärts.

»Nein, Otter!«

Doch!

Mit einem Satz war der Hund in der Wanne, Wasser schwappte mit lautem Platschen über den Wannenrand, Badeschaum spritzte umher.

»Au, verdammt!« Andrea japste nach Luft. Otter war geradewegs auf ihrem Bauch gelandet, seine Hinterpfoten bohrten sich schmerzhaft in ihren Unterleib. »Runter von mir, raus aus der Wanne, du Scheusal!«, schrie sie aufgebracht.

Otter leckte ihr begeistert das Gesicht.

Warum denn, ist doch toll hier drin!

»Was ist denn hier ...? O je, Otter!« Emma unterdrückte ein Lachen und kam ihrer Mutter zur Hilfe, indem sie versuchte, den freudig bellenden Hund aus der Wanne zu heben. »Wie bist du denn bloß in die Badewanne gekommen?«, gluckste sie.

Na, wie schon, so ein Wannenrand ist doch kein Hindernis für mich.

Mit vereinten Kräften schafften sie es, Otter aus

der Wanne und auf den Badteppich zu hieven. Andrea schnappte sich ein Handtuch und wickelte sich darin ein. »Dieses Vieh ist einfach losgesprungen! Nicht mal im Bad ist man vor ihm sicher. Das geht wirklich zu weit, Emma. Und schau, was er hier für eine Sauerei angerichtet hat. Alles ist nass und ...«

»Ich wische das auf, Mama.« Emma streichelte Otter über das triefende Fell. »Aber zuerst muss ich Otter abtrocknen, damit er nicht das ganze Haus nass macht. Sonst schimpft Papa nachher wieder.«

Sie nahm ein altes fleckiges Badetuch aus dem Regal und begann, Otter abzurubbeln, was er sich nur allzu gerne gefallen ließ.

»Papa schimpft also? Und was ist mit mir? Soll ich vielleicht alles ruhig hinnehmen?«, fragte Andrea. Ihre Wangen waren noch immer gerötet vor Ärger. Fahrig strich sie sich ihr dunkelblondes kinnlanges Haar hinter das Ohr. »Erst heute Morgen hat er sich in irgendeiner Pfütze gewälzt und mit seinen Dreckpfoten den ganzen Flur versaut. Und jetzt das.« Andrea machte eine ausholende Geste, die das gesamte Badezimmer einschloss. »Ich bin doch nicht seine Putzfrau!«

»Ach Mama! So schlimm ist das doch auch wieder nicht.«

Finde ich auch. Wasser ist einfach toll. Wozu die ganze Aufregung?

Emma faltete das nasse Badetuch und legte es auf die Heizung. Dann machte sie sich daran, den Boden zu wischen. »Otter mag halt Wasser so gerne.« Sie beobachtete, wie ihre Mutter sich abtrocknete und anzog. »Du hast da einen Kratzer am Bauch.«

Andrea sah sie finster an.

»Okay, okay, wir gehen ja schon. Komm, Otter.« Emma wrang den Wischlappen aus und hängte ihn über den Wannenrand, nahm den Hund am Halsband und zog ihn mit sich in ihr Zimmer.

Vorsichtshalber schloss sie die Tür.

»Was bist du nur für einer.« Sie drohte ihm scherzhaft mit dem Finger.

Hä? Warum?

Otter ließ sich auf sein Hinterteil sinken und hechelte. Es sah aus wie ein breites Grinsen.

»Du weißt doch, dass du nicht ins Bad darfst. Jetzt ist Mama sauer und wird Papa davon erzählen, und dann ...« Emma seufzte und setzte sich vor ihre altmodische Frisierkommode, die noch von ihrer Uroma stammte und auf die sie sehr stolz war.

Ach komm, kein Grund, so traurig zu schauen.

Otter stand auf, kam auf sie zu und leckte ihr die Hand. Dann kroch er unter die Kommode und legte sich auf Emmas Füße.

Sie gluckste und wackelte mit den Zehen.

Vor zehn Tagen hatten sie Otter aus dem Tierheim geholt. Es war Liebe auf den ersten Blick gewesen, zumindest bei Emma und ihrem kleinen Bruder Tommi. Ihre Eltern waren etwas zurückhaltender gewesen und hatten mit dem Tierheim eine vierwöchige Probezeit vereinbart. Zwischen Weihnachten und Neujahr würde die Entscheidung fallen, ob Otter für immer bei ihnen bleiben durfte.

Wenn das allerdings so weiter ging ...

Dabei war Otter wirklich ein lieber Hund und gut erzogen obendrein. Er war als Welpe ins Tierheim gekommen, und die Pfleger hatten das komplette Programm der Hundeschule mit ihm absolviert. Er gehorchte aufs Wort ... außer, wenn er Wasser sah. Dann geriet er außer Rand und Band. Wasser war Otters Element. Gleich am ersten Tag war er in den Dorfweiher gesprungen, obwohl dieser fast schon zugefroren war. Sie hatten sich aber nichts dabei gedacht, denn Otter hatte zur Hälfte Labradorblut in sich, und diese Rasse war ja bekannt für ihre Vorliebe für Wasser. Aber inzwischen war klar, weshalb man Otter seinen ungewöhnlichen Namen gegeben hatte.

Wieder seufzte Emma und begann, ihr halblanges kastanienbraunes Haar zu bürsten. Sie liebte den Hund mittlerweile von ganzem Herzen, aber die Zeichen standen derzeit wirklich übel für ihn.

2. Kapitel

»Stimmt es, dass Otter zu Mama in die Wanne gesprungen ist?«, fragte Tommi, während er sich aus seinem Winteranorak schälte und sich die Mütze so heftig vom Kopf zog, dass sein dunkelblondes Haar wild nach allen Seiten abstand.

Rasch legte Emma einen Finger an die Lippen. »Pst! Fang bloß nicht davon an, wenn Papa in der Nähe ist.«

»Schade, dass ich über Nacht bei Jannik war«, redete er jedoch unbekümmert weiter. »Das hätte ich gerne gesehen.«

»Aber auf Papas Donnerwetter hättest du bestimmt gerne verzichtet. Wasch dir die Hände und geh dann schon mal in die Küche, es gibt gleich Essen.« Emma sah Tommi kopfschüttelnd nach. Hoffentlich fing er nicht gleich wieder davon an. Aber böse konnte man ihm auch nicht sein, immerhin war er erst elf, vier Jahre jünger als sie.

Emma folgte ihrem Bruder in die Küche und nahm ihrer Mutter einen Stapel Teller aus der Hand. Während sie den Tisch deckte, sagte sie in Tommis Richtung: »Kannst du morgen Nachmittag mit Otter spazieren gehen? Andy hat mich zum Schlittschuh fahren in die Eishalle eingeladen.«

»Oh oh!« Tommi grinste abfällig. »Andy-Schmandy! Ist der jetzt dein Freund? Der hat doch mehr Gel in den Haaren, als in eine Tube reingeht! Klebst du dann an ihm fest? Bussi, Bussi!« Tommi spitzte die Lippen und machte laute Kussgeräusche.

Andrea schüttelte den Kopf. »Tommi, es reicht. Emma hat dich nur etwas gefragt.«

Tommi streckte Emma die Zunge raus. »Klar geh ich mit Otter spazieren. Macht doch viel mehr Spaß, als in die blöde Eishalle zu fahren.«

»Das sagst du nur, weil ich besser Schlittschuh laufen kann als du.« Emma grinste. »Und Andy hat gar nicht so viel Gel in den Haaren. Du meinst Andre, aber der«, ihr Blick verdunkelte sich kurz, »ist auf diesen Frankreichaustausch gefahren und hat sich nicht mal von mir verabschiedet.«

»Ich sag doch, der ist blöd!« Tommi ließ sich auf seinen Platz fallen.

Nachdem Emma den Tisch fertig gedeckt hatte, setzte auch sie sich. Andrea trug Schüsseln mit Eintopf und Weißbrot auf. »Wo bleibt Karl denn nur?«, murmelte sie vor sich hin. »Ich habe ihm doch vorhin schon Bescheid gesagt.«

»Andrea!« Karl Rehlmann stieß die Küchentür auf und sah zuerst seine Frau, dann Emma und Tommi äußerst misstrauisch an. »Warum ist die Tür zu meinem Arbeitszimmer abgeschlossen?«

»Setz dich erst mal.« Leicht nervös schöpfte Andrea ihm Suppe auf den Teller. Dabei bemühte sie sich, ungezwungen zu lächeln. »Weißt du, ich habe sauber gemacht und den Teppich mit Teppichreiniger ...«

»Den teuren neuen Teppich? Der war doch gar nicht schmutzig«, wunderte sich Karl und schob sich einen Löffel Eintopf in den Mund.

»Ach, weißt du ...«

»Papa, Jannik hat mir seine Eisenbahn gezeigt«, rief Tommi dazwischen. »Er sagt, er wünscht sich vom Weihnachtsmann einen richtigen Bahnhof und Teile für die Landschaft und einen zweiten Zug mit richtigen Güterwaggons.«

Andrea sah ihren Sohn dankbar an. Emma musste ein Schmunzeln unterdrücken. Manchmal war Tommi doch fixer, als man glaubte. Das erneute Donnerwetter wegen der Schlammspuren in Pfotenform, die den Teppich im Arbeitszimmer seit dem Mittag verunzierten, würde noch früh genug über sie hereinbrechen.

***

»Ich schmeiß ihn raus!«, brüllte Karl eine knappe Stunde später im Arbeitszimmer und stemmte die Hände in die Seiten. »Wisst ihr, was der Teppich gekostet hat? Dieser Köter ist unmöglich. Nein, schlimmer, er ist ein Ungeheuer! Er kommt sofort zurück ins Tierheim.«

»Aber Papa, guck doch mal, wenn der Teppich trocken ist, sieht man doch gar nichts mehr«, versuchte Emma ihren Vater zu beruhigen. Sie sah ihn, der mehr als einen Kopf größer war, mit schräg gelegtem Kopf von unten an und setzte dabei ihr schönstes Lächeln auf. Das half normalerweise immer. »Wir haben nur vergessen, die Tür zuzumachen, das kann doch mal vorkommen. Und schau, ich habe Otter ganz sauber gewaschen und sogar geföhnt.« Sie wies auf den Verursacher der Teppichflecken, der adrett und nach Fichtennadelshampoo duftend im Flur stand und ihnen freundlich zuwedelte. Auch er legte den Kopf auf die Seite und klimperte zwei-, dreimal mit den Augenlidern.

Das Bad war wirklich toll Nur dieser Schaum ist blöd, der juckt in den Augen.

Karl stieß gereizt die Luft aus. »Also gut, er scheint ja wirklich einigermaßen sauber zu sein. Seht zu, dass es so bleibt. Beim nächsten Mal ...« Er vollendete den Satz nicht, sondern ging hinüber ins Wohnzimmer. Doch alle wussten, was er damit für das nächste Mal androhte.

Andrea zuckte mit den Schultern, als sie Emmas und Tommis unglückliche Blicke sah. »Er hat nicht ganz Unrecht. Wenn der Hund nicht bald aufhört, das Haus in ein Chaos zu verwandeln, ist er schnell wieder im Tierheim.«

»Otter, er heißt Otter!« protestierte Tommi. Er kniete sich neben dem Hund in den Flur und umarmte ihn. Otter stupste ihn mit der Nase an und leckte ihm übers Ohr.

Ich mag, dich, Junge. Komm, lass uns spielen!

Tommi lachte. »Das kitzelt!«

Andrea verdrehte amüsiert die Augen. »Los, nehmt ihn mit nach oben! Tommi, noch eine halbe Stunde, dann musst du ins Bett!«

3. Kapitel

»So ein Mistkerl! Shit!« Emma knallte die Haustür ins Schloss und stürmte an ihrer erstaunten Mutter vorbei die Treppe hinauf. Otter, der sie freudig hatte begrüßen wollen, bellte aufgeregt hinter ihr her.

Hey, was ist denn los? Kriege ich keine Streicheleinheiten zur Begrüßung? Da stimmt doch was nicht.

Auch ihre Zimmertür schlug Emma mit lautem Knall hinter sich zu, drehte ihre Stereoanlage beinahe bis zum Anschlag auf und warf sich aufs Bett.

Himmel, war sie wütend! Und sauer und ... enttäuscht. Mit einem Wutschrei presste sie ihr Gesicht in das kleine herzförmige Kuschelkissen mit dem weichen roten Samtbezug. Ihr Herz pochte heftig. »Ich hasse ihn, hasse ihn, hasse ihn!« grollte sie dumpf und versuchte, die Tränen zurückzuhalten, die ihr langsam aber sicher in die Augen stiegen.

Der Rocksong, der aus den Lautsprechern dröhnte, war ohrenbetäubend, doch auch das half ihr im Augenblick nicht. Verzweifelt boxte sie auf ihr Kopfkissen ein, drückte aber gleich darauf ihr Gesicht wieder in das Kuschelherz. Das leise Klopfen an der Tür vernahm sie nur, weil der Song gerade zu Ende war.

»Geh weg!«, brüllte sie gegen den Trommelwirbel an, der das nächste Lied ihrer Lieblingsband einläutete. Dennoch öffnete sich die Tür, und Andrea trat in das Zimmer. Gemächlich ging sie zur Stereoanlage und drehte die Lautstärke aufs Minimum zurück.

»Kannst du mich nicht einfach in Ruhe sterben lassen?«, brummte Emma genervt in ihr Kissen.

Andrea lächelte fein und setzte sich auf die Bettkante. »Ich bin auch mal mit einem Jungen zum Schlittschuhlaufen gegangen. Er war schon achtzehn und sah so toll aus, dass ich dachte, alle würden mich um ihn beneiden.«

Emma rührte sich nicht und tat, als höre sie gar nicht zu.

»Wie Recht ich damit hatte, merkte ich, als ich in der Eissporthalle ankam. Die Mädchen aus den höheren Klassen haben uns dermaßen belagert, dass ich mich gar nicht mehr mit ihm unterhalten konnte, geschweige denn ... du weißt schon.« Andrea verstummte. Ihr Lächeln wurde bei der Erinnerung breiter. »Das stärkste Stück aber war, als seine Exfreundin kam und mit ihm eine Bahn nach der anderen durch die Halle gezogen hat.«

Emma merkte auf, hob den Kopf und sah ihre Mutter an. Ihre Wangen waren gerötet und fühlten sich heiß an. »Und dann?«, fragte sie.

»Dann kam er zu mir und sagte, er würde seine Exfreundin rasch nach Hause fahren, weil sie sonst keine Fahrgelegenheit hätte, und danach würde er wiederkommen.« Andrea zuckte mit den Schultern. »Er kam natürlich nicht wieder.«

»Echt? Und was hast du dann gemacht?« Emma setzte sich auf und sah ihre Mutter neugierig an.

»Ich bin zu Fuß nach Hause gegangen, in mein Zimmer gestürmt, habe die Türen geknallt und meine Nena-Platte bis zum Anschlag aufgedreht, dass meiner Mutter die Ohren geplatzt sein müssen.« Andrea nahm das Herzkissen auf, drehte es in den Händen und reichte es dann Emma, die es fest an sich drückte. »Andy?«, fragte sie sanft.

Emma nickte unglücklich. »Erst sind wir ganz lange zusammen gefahren, aber dann kamen ein paar Leute aus meiner Parallelklasse. War eigentlich ganz witzig. Nur die Elke und die Jenny haben ihn dann immer aufgezogen, er würde sich nicht trauen, mit ihnen beiden um die Wette zu fahren. Hat er dann natürlich doch gemacht. Und danach ist er nur noch mit Elke gefahren und hat schließlich zu mir gesagt, er würde mit den beiden noch auf einen Cappuccino zu *Ernesto's* gehen. Das ist das Cafe in der Eishalle.«

»Ich weiß.«

Emma kaute auf ihrer Unterlippe herum. »Mich hätte er doch einladen müssen! Aber ich wollte sowieso nicht mit denen gehen. Die Elke ist total hinter Andy her. Das hat auch Stefan gesagt.«

»Stefan?«

»Aus der Parallelklasse. Er hat gesagt, so was hätte Andy schon mal gemacht.« Jetzt traten Emma doch wieder die Tränen in die Augen. Diesmal ließ sie sie laufen. »Stefan wollte, dass ich trotzdem noch bleibe, aber ich konnte nicht. Dieser Mistkerl!«

»Stefan?«

Emma zog eine Grimasse. »Andy! Der ist ein ... Egal. Stefan ist nur ... Stefan.«

Andrea nickte verstehend. »Ich geh mal wieder runter. Tommi kommt gleich vom Fußball. Musik wieder laut?«

Emma schüttelte den Kopf. »Musik leise«, murmelte sie und hatte sich bereits wieder in ihr Kopfkissen gewühlt, noch bevor ihre Mutter den Raum verlassen hatte. Erst jetzt konnte sie sich so richtig ausweinen.

Ihr Herzkissen war schon ganz durchnässt, als Emma plötzlich ein Kratzen an der Tür und dann leises Pfotentapsen hörte.

Hey, ich will reinkommen!

Otter stupste sie mit seiner feuchtkalten Nase an und winselte leise.

Was ist denn los mit Emma? Sie weint ja, das bedeutet, sie ist traurig. Das mag ich aber gar nicht.

Als Emma sich umdrehte, saß er neben dem Bett, den Kopf schräg gelegt, und sah sie aufmerksam an.

Sag mir, wie ich dir helfen kann.

»Hallo Otter.« Emma lächelte kläglich und strich ihm über den Kopf. Daraufhin legte er eine Pfote auf die Bettkante und stupste sie wieder an.

Soll ich zu dir raufkommen? Ich kann dich bestimmt trösten. Und dein Bett ist so schön weich und kuschelig.

»Okay, komm rauf. Aber nur, solange Papa nicht da ist.« Mit einer auffordernden Geste rutschte sie ein Stück zur Seite, und Otter sprang zu ihr aufs Bett. Er streckte sich neben ihr aus, den Kopf auf das Kissen gebettet, und schnaufte leise.

Sehr gut. Das mag ich.

Emma legte ihren Arm um den Hund und kuschelte sich eng an ihn.

Als Andrea eine halbe Stunde später ins Zimmer spähte, wollte sie schon empört losschimpfen. Doch Emma schlief, die Musik war inzwischen aus, und Otter hob den Kopf und machte ein Gesicht, als wolle er Andrea zur Ruhe mahnen.

Kopfschüttelnd ging sie ans Bett und breitete die Tagesdecke über Emma aus.

Otter schnaufte wieder und legte seinen Kopf zurück auf das Kissen.

Einen Moment betrachtete Andrea die beiden noch sinnierend, dann verließ sie leise das Zimmer und schloss die Tür bis auf einen Spalt.

4. Kapitel

»Also das gibt es doch wohl nicht!«, rief Karl, als er eine knappe Stunde später einen Blick in Emmas Zimmer warf.

»Was ist denn?« Emma rieb sich verschlafen die Augen.

Herrchen! Der ist aber wütend. Was ist denn jetzt wieder los?

»Runter vom Bett!«

»Hä?«

»Schmeiß den Hund vom Bett! Er macht doch alles schmutzig.«

Ich bin doch ganz sauber!

»Aber er hat doch nur ...«

»Nee! Das darfste doch gar nicht!«, quiekte Tommi dazwischen, der neugierig aus seinem Zimmer gekommen war. »Otter soll nicht ins Bett, das weißte doch!«

Otter hatte sich mittlerweile aufrecht hingesetzt, doch als er Karl mit bösem Gesicht auf sich zukommen sah, sprang er rasch auf den Boden, duckte sich und wischte zwischen Karl und Tommi hindurch aus dem Zimmer.

Ich geh ja schon. Seid doch nicht alle so laut und böse! Was hab ich denn gemacht?

»Mensch Papa, sei doch nicht so.« Enttäuscht stand nun auch Emma auf und faltete ihre Tagesdecke. »Otter hat mich doch nur ein bisschen getröstet.«

»Getröstet?« Karl sah seine Tochter verständnislos an. »Ein Hund hat nichts im Bett zu suchen.«

»Ja, ja, toll. Jetzt hast du ihn verjagt«, grollte Emma. »Ich nehme ihn mit nach draußen.« Sie griff nach ihren Stiefeln und schlüpfte hinein. »Spazieren.«

»Es ist schon dunkel, und in den Nachrichten haben sie über Holzdiebe berichtet, die nicht weit von hier ihr Unwesen treiben. Geh also nicht so spät noch in den Wald, ja! Außerdem gibt es in einer halben Stunde Abendessen.«

»Bis dahin sind wir zurück.« Vergrätzt ging Emma hinaus, holte die Leine und verließ mit dem erfreuten Otter das Haus.

Hey, spazieren gehen! Da sag ich nicht nein. Aber warum gehen wir gerade jetzt? Ist Herrchen auch auf Emma böse?

Andrea schaute ihrer Tochter hinterher, dann stieg sie langsam die Treppe hinauf. »Es geht ihr nicht gut. Sie hat Liebeskummer.«

»Der Hund war in ihrem Bett!«, brummte Karl und fuhr sich durch sein dichtes Haar, das die gleiche kastanienbraune Farbe aufwies wie das seiner Tochter.

»Ich weiß.« Andrea gab ihm einen Kuss. »Das ist doch nicht so schlimm gewesen.«

»Aber wenn er sich daran gewöhnt ...«

»Es gibt schlimmeres. Du weißt doch, wie Emma ist. Sie brauchte jemanden zum Ankuscheln. Und da ist mir Otter wesentlich lieber als dieser Andy, der sie so enttäuscht hat.«

»Andy-Schmandy?« Tommi feixte, fing sich jedoch einen strafenden Blick seiner Mutter ein.

»Kein Wort darüber!«

»Ach Mann!«

»Ich meine es ernst, Tommi! Hilf mir lieber in der Küche.«

»Nee ...«

»Tu, was deine Mutter sagt!« Karl drohte seinem Sohn scherzhaft mit dem Finger.

»Naaa guuut.«

Während Tommi widerwillig hinter Andrea in die Küche trottete, lief Emma mit Otter durch die ruhigen Straßen des Dorfes. Die Luft war klar und eiskalt, jeder Atemhauch produzierte eine dichte weiße Wolke. Es hatte ein wenig geschneit, gerade genug, dass Wege und Dächer weiß überpudert waren. Die Fenster der Häuser und Wohnungen waren hell erleuchtet und mit Lichterketten und weihnachtlichen Fensterbildern dekoriert. Emma liebte den Advent und den neuen Brauch, alles so richtig zu schmücken.

Vor einem Vorgarten blieb sie stehen und bewunderte die aus Drahtgestell geformten und mit Hunderten von kleinen Glühbirnchen beleuchteten Figuren von Rentieren, die den Weihnachtsmann auf seinem hoch mit Geschenken beladenen Schlitten zogen. So etwas wollte sie nächstes Jahr auch gerne vor dem Haus haben. Sie musste Papa unbedingt fragen.

Was ist denn da so interessant? Sind doch nur leblose Figuren, die viel zu grell leuchten.

Otter hatte sich brav abwartend neben sie gelegt

und stand erst auf, als sie sich wieder in Bewegung setzte.

»Hast du das gehört?« Emma blickte zum Himmel hinauf und ruckelte dabei unwillkürlich an der Leine, sodass Otter unwillig den Kopf schüttelte.

Was denn? Dieses Klingeln und Klimpern? Musst du mich deshalb am Halsband zerren?

»Das hört sich an wie Glöckchen. Wo das wohl herkommt? Oder haben die Leute mit dem Weihnachtsschmuck irgendwo einen Bewegungsmelder mit Tonband?« Sie sah zurück auf den beleuchteten Rentierschlitten. »Wirklich keine schlechte Idee zu Weihnachten. Ob so was teuer ist?«

Lass uns weitergehen. Da vorne riecht es interessant, da waren andere Hunde!

Otter lief ein paar Schritte voraus und blickte Emma auffordernd an.

»Wo sollen wir jetzt hingehen?«, sprach sie ihn an, und er sah aufmerksam zu ihr auf. »Eine Runde um den großen Wildacker?«

Ja, gerne! Da ist es schön.

»Aber ich habe meine Taschenlampe vergessen. Da draußen ist es stockfinster.«

Na und? Ich finde den Weg mit links.

Otter schnaufte und schüttelte sich. Dann reckte er seine Nase nach rechts.

Wie wäre es mit dem Dorfplatz? Da riecht es immer so gut nach anderen Hunden.

»Zum alten Dorfanger? Da ist doch jetzt nichts mehr los. Aber gut.«

Emma ging in die Richtung, die Otter ihr gewiesen hatte. »Auf der Wiese kann ich dich ein wenig von der Leine lassen. Aber lauf mir nicht weg, ja!«

Nee, *ich laufe nie weg. Aber hier riecht es so gut!*

Otter bellte leise und sprang übermütig über die nur von wenigen Laternen beleuchtete Dorfwiese. Emma sah ihm belustigt zu, wie er sich um sich selbst drehte und hinter den Atemwölkchen her jagte, die er selbst ausstieß.

Von der Straße her wurde das Geräusch eines Motorrollers laut.

Was ist das denn? Muss *das Ding so laut sein? Da bleibe ich lieber weg. Stinken tut es auch noch. Hier hinten ist es viel inter*essanter.

Als Emma sich umdrehte, sah sie den Fahrer auf sich zusteuern.

Er hielt neben ihr und nahm den Helm ab. »Hallo, Emma, was machst du denn hier?«

»Hi, Stefan. Das könnte ich dich auch fragen.« Emma lächelte dem großen blonden Jungen gleichmütig zu. »Ich bin mit unserem Hund unterwegs, musste mich ein bisschen abkühlen.«

»Hm.« Stefan nickte. »Schade, dass du heute Nachmittag so schnell weg warst. Wir hatten noch 'ne Menge Spaß. Wegen Andy hättest du nicht abhauen brauchen.«

»Er hatte mich eingeladen!«, protestierte Emma heftig. »Wie hättest du dich da gefühlt?«

»Weiß nicht.« Stefan zuckte mit den Achseln. »Er ist halt ein Volldepp.«

»Und was machst du um diese Zeit hier?«, wechselte Emma das Thema, obwohl sie ihn lieber abgewimmelt hätte.

»Ich hab Daniela aus der Sechsten nach Hause gebracht. Sie ist eine Freundin meiner kleinen Schwester.«

»Aha.« Emma nickte und sah sich um. »Wo ist Otter?«

Nicht weit entfernt hörte man leises Plätschern.

»O nein!« Emma fasste sich an den Kopf. »Auch das noch.«

»Was noch?« Stefan sah sie verständnislos an.

»Otter ist in den Weiher gesprungen! Mein Vater flippt aus, wenn er das merkt. Ich muss los. Otter!«, rief sie und rannte über die Wiese in Richtung des Entenweihers. Hinter sich hörte sie den Motorroller anspringen, und Augenblicke später fuhr Stefan neben ihr her.

Am Teich angekommen rief sie noch einmal: »Otter! Wo bist du? Komm sofort her!«

Keine Panik, ich bin doch hier.

Wieder plätscherte es, und dann knisterten die wintertrockenen Gräser der Uferböschung. Otter tapste auf sie zu, das Fell klitschnass und triefend. Er hechelte und blickte sie so fröhlich an, dass es aussah, als würde er lachen.

Wollt ihr nicht auch mal? Ach nein, ihr Menschen mögt ja kein kaltes Wasser. Ihr wisst gar nicht, was euch entgeht!

»O je.« Kopfschüttelnd ging sie neben dem Hund in die Hocke. »Du sollst doch nicht immer ins Wasser springen. Wie soll ich dich denn jetzt bloß wieder trocken kriegen?«

Warum? Ich trockne doch von selbst.

»Macht er das öfter?« Stefan beugte sich ebenfalls zu Otter hinab und strich ihm über den Kopf. »Das Wasser ist eiskalt. Bestimmt friert der Weiher in den nächsten Tagen zu. Wird er davon nicht krank?«

Emma zuckte mit den Schultern. »Ich glaube nicht. Er ist so wild aufs Baden, dass er bestimmt schon abgehärtet ist. Mein Vater dreht durch, wenn er ihn so sieht.«

»Warum? Ist doch nur Wasser«, wunderte Stefan sich.

»Aber Otter macht dauernd das Haus dreckig. Mein Vater ist stinksauer deswegen und hat gesagt, er bringt ihn zurück ins Tierheim, wenn das nicht aufhört.«

»Das ist übel.« Nachdenklich sah Stefan auf Otter hinab, der jetzt aufstand und sich heftig schüttelte.

Siehste, bin schon fast wieder trocken.

»Igitt!« Emma sprang zur Seite, musste jedoch kichern.

»Ich hab hier so ein kleines Handtuch, das ich immer benutze, um den Rollersitz trocken zu reiben, wenn es *geregnet* hat.« Mit wenigen Schritten war Stefan bei seinem Zweirad und holte das Tuch aus einer kleinen Tasche hervor. »Damit kriegen wir ihn nicht ganz trocken, aber vielleicht wenigstens ein bisschen.«

Emma nickte erfreut. »Das ist nett von dir.« Sie nahm das Handtuch und begann, Otters Kopf, dann seine Beine und Füße abzurubbeln. Der Hund ließ es sich anstandslos gefallen und leckte ihr immer wieder übers Gesicht.

Na gut, das macht auch Spaß.

Wieder kicherte sie. »Hör auf, mich zu waschen!« Sie erhob sich. »Mehr geht leider nicht.« Bedauernd wrang Emma das nasse Tuch aus und übergab es Stefan, der es grinsend wieder einpackte.

»Du solltest noch ein Weilchen mit ihm herumgehen, dann trocknet er vielleicht wieder.«

»Oh, verdammt!« Emma blickte auf ihre Armbanduhr. »Wir essen gleich, ich muss nach Hause!«

»Na dann viel Glück, wegen deinem Vater, meine ich.«

»Danke für das Handtuch.« Emma sah Stefan zu, wie er auf seinen Roller stieg und den Helm aufsetzte.

»Kein Problem. Wir sehen uns in der Schule.« Er hob noch einmal die Hand zum Gruß, ließ den Motor an und fuhr langsam über die Wiese davon.

Nachdenklich blickte Emma ihm nach und dann auf Otter hinab, der erwartungsvoll neben ihr saß.

»Was soll ich denn Papa erzählen, wenn wir heimkommen? Du bist wirklich unmöglich, Otter. Komm jetzt, mir wird kalt.«

Das ist das Problem mit euch Menschen. Ihr habt kein warmes Fell. Diese künstlichen Fellschichten, in die ihr euch immer einwickelt, sind einfach nicht so gut.

Mit einem fröhlichen »Wuff!« folgte Otter ihr und hielt sich brav an ihrer Seite, bis sie zu Hause ankamen.

Die Familie saß bereits in der Küche beisammen. Emma zog rasch ihre Jacke aus und scheuchte Otter die Treppe hinauf.

»Muss mich kurz waschen!«, rief sie über die Schulter. »Komm, geh in mein Zimmer, bis du wieder trocken bist«, flüsterte sie dem Hund zu und schloss die Tür hinter ihm.

Okay. Ich weiß zwar nicht, was ich hier soll, aber schön warm und gemütlich ist es in deinem Zimmer allemal.

Dann ging sie ins Bad, drehte kurz den Wasserhahn auf und wieder zu und gesellte sich dann zu den anderen an den Esstisch.

»Wo ist der Hund?«, fragte Karl sie prompt.

»Äh, ich glaube, nach oben gegangen.« Betont gelangweilt zuckte Emma mit den Achseln. »Bestimmt hat er sich in seinen Korb gelegt und schläft. Wir sind ganz schön gerannt.«

»Aha.« Karl blickte durch die Küchentür in den Flur. »Was ist das denn?« Mit gerunzelter Stirn stand er auf und ging in den Flur. »Er hat ja überall Pfotenabdrücke hinterlassen, sogar auf der Treppe! Ist er etwa wieder ...«

»Es hat geschneit, und die Wege sind ganz nass«, warf Emma schnell ein. »Das trocknet doch wieder.«

Karl sah sie argwöhnisch über den Rand seiner Brille an, ließ es jedoch dabei bewenden und setzte sich wieder.

Andrea sah zwischen ihrem Mann und ihrer Tochter hin und her und verkniff sich einen Kommentar.

5. Kapitel

»O nein!« Entsetzt stürzte Emma wenig später auf ihr Bett zu und hob mit spitzen Fingern die hellgelbe Tagesdecke mit dem Blümchenmuster an, auf der ein nasser Fleck mit bräunlichen Rändern prangte. »Otter!«

Was denn?

Der Hund stand neben dem Bett und wedelte unsicher. Emma ließ die Decke wieder fallen und fuhr sich mit beiden Händen durch die Haare. »Das gibt Ärger.«

Du hast mich doch selber hier reingeschickt.

»Emma, ich wollte dich noch fragen ...« Andrea blieb in der Tür stehen und blickte mit schmalen Augen auf die Tagesdecke. »Was ist das denn?« Sie kam näher und betrachtete den nassen Fleck genauer. »War Otter etwa wieder auf deinem Bett? Und warum hat er alles schmutzig gemacht? Das kann doch unmöglich nur von nassen Pfoten stammen!«

»Nein«, gab Emma zögernd zu. »Wir waren am Dorfanger und da ...«

»Er ist in den Weiher gesprungen, stimmt's?«, fragte Andrea. Ihre Stimme wurde lauter. »Und ich habe jetzt die Schweinerei. Die Tagesdecke war gerade frisch gewaschen, und jetzt schau sie dir an!«

»Was ist hier los?« Mit finsterer Miene betrat Karl das Zimmer und erfasste mit einem Blick, was geschehen war. »Wusste ich es doch! Hab ich nicht gesagt, dass der Hund nichts auf dem Bett zu suchen hat? Schau dir diesen Fleck an, Emma! Glaubst du, deine Mutter ist eure Waschmagd?«

»Aber so schlimm ...«, begann Emma vorsichtig, brach jedoch ab und zog den Kopf ein, als sie der wütende Blick ihres Vaters traf.

»Habe ich gesagt, der Hund gehört nicht auf das Bett oder nicht?«

»Ja.«

»Und hatte ich nicht Recht damit?«

»Ja, aber...«

»Dieser Hund ist einfach unmöglich und kein bisschen erzogen. Morgen rufe ich im Tierheim an und frage, wann wir ihn zurückbringen können.«

»Das stimmt doch nicht.« Nun begehrte Emma doch auf. »Otter ist gut erzogen. Er geht bei Fuß, macht Sitz und Platz und hört auch sonst aufs Wort. Er ist doch nur verrückt nach Wasser. Deshalb könnt ihr ihn doch nicht einfach abschieben. Wir wollen ihn behalten, Tommi und ich! Und Mama mag ihn auch, oder?« Auffordernd blickte Emma ihre Mutter an.

»Na ja, also ich ... Er macht schon eine Menge Dreck, Emma.«

»Das glaube ich nicht!« Emma traten die Tränen in die Augen. Sie wischte sie wütend weg, doch sogleich quollen weitere nach. »Ich will Otter nicht weggeben! Ihr seid so gemein zu ihm, dabei hat er gar nichts Schlimmes gemacht.«

»Nun mach aber mal einen Punkt!«, brüllte Karl, doch Andrea fasste ihn am Arm und dirigierte ihn zur Tür. »Komm, heute Abend lösen wir das Problem doch nicht. Emma, ich würde sagen, du gehst jetzt zu Bett. Und Otter verschwindet in seinem Korb im Flur!«

Ich geh ja schon. Warum sind denn auf einmal alle wieder so furchtbar böse auf mich?

Otter, der die Auseinandersetzung aufmerksam, jedoch mit angelegten Ohren verfolgt hatte, zog den Schwanz ein und tapste zu seinem Schlafkorb, wo er sich umständlich zusammenrollte.

»Gute Nacht, Otter«, raunte Emma ihm zu, bevor sie ihre Zimmertür schloss, und er wedelte ihr noch einmal leicht zu, als habe er alles verstanden.

Gute Nacht, liebe Emma.

Traurig löschte Emma das Deckenlicht und ließ sich im Schein der Nachttischlampe auf die Bettkante sinken, stand jedoch gleich wieder auf und ging zum Fenster. Zunächst war die Dunkelheit draußen undurchdringlich, doch nach einer Weile konnte sie mehr und mehr Umrisse erkennen. Den Vorgarten, den Gartenzaun mit dem geschlossenen Tor, dahinter die Straße, an deren Rand hier und da Autos parkten. Der Himmel war noch finsterer also sonst, denn es war Neumond. Nur vereinzelt blinkten zwischen hohen Wolkenfeldern ein paar Sterne.

Während Emma sinnierend zu ihnen hinaufblickte, schien sich plötzlich einer der Sterne von seinem Platz zu lösen und bewegte sich mit einem langen Schweif quer durch die Finsternis.

Emma sah ihm gebannt nach. »Eine Sternschnuppe«, flüsterte sie entzückt und erinnerte sich sofort, was man ihr früher über Sternschnuppen erzählt hatte.

Obwohl sie sich ein bisschen albern vorkam, schloss sie die Augen und wünschte sich ganz fest, dass Otter bei ihnen bleiben durfte.

Als sie die Augen wieder öffnete, war die Sternschnuppe verschwunden.

Achselzuckend und leicht amüsiert über sich ging Emma zu Bett.

***

Einige Tage lang blieb alles relativ ruhig, nicht zuletzt, weil der Schnee wieder wegtaute und eine strahlende Wintersonne Wiesen und Wege soweit abtrocknete, dass alle Schlammlöcher und Wasserpfützen verschwanden. So konnte Otter gar nicht in Versuchung kommen, sich irgendwo zu wälzen und schmutzig zu machen. Emma und Tommi achteten zudem darauf, sich bei ihren Spaziergängen mit ihm so weit wie möglich von Bächen und Teichen fernzuhalten.

Karl hatte sich etwas beruhigt und glücklicherweise nicht mehr daran gedacht, das Tierheim anzurufen. Auch staunte er nicht schlecht, als Otter begann, ihm allmorgendlich nach seinem Rundgang durch den Garten die Tageszeitung aus der Zeitungsrolle mitzubringen.

»Dann bist du ja am Ende doch noch zu etwas nütze«, rang er sich ein Lob ab und tätschelte Otters Kopf.

Danke, dass du so nett zu mir bist, Herrchen!

Otter wedelte leicht mit seiner Rute und leckte Karl die Hand.

»Ja, ja, schon gut«, wehrte Karl ihn ab und schlug die Zeitung auf. Doch um seine Mundwinkel zuckte es, als er spürte, wie Otter es sich mit einem wohligen Seufzen auf seinen Füßen bequem machte.

6. Kapitel

»Hallo, Emma! Mensch, der ist wirklich gut erzogen, was? Zieht ja gar nicht an der Leine oder so.«

Otter blieb neben Emma stehen, als sie anhielt, um sich mit dem Jungen auf dem Motorroller zu unterhalten.

Den kenne ich doch! Ist er uns nicht erst kürzlich auch mit diesem knatternden stinkenden Gefährt begegnet? Zwar mag ich den Geruch des Gefährts überhaupt nicht, aber der Junge wirkt nett.

Otter ging ein paar Schritte auf ihn zu, und als der Junge ihm die Hand hinhielt, schnüffelte er neugierig daran und prägte sich den Geruch gleich ein.

Der Junge riecht sehr angenehm!

Otter ließ sich genüsslich von Stefan hinter den Ohren kraulen.

»Ja, die vom Tierheim haben ihn in die Hundeschule geschickt«, antwortete Emma. »Er ist wirklich ein toller Hund. Na ja, solange er nicht in die Nähe von Wasser kommt.« Sie grinste.

Wasser?

Otter spitzte bei seinem Lieblingswort die Ohren. Doch Emma machte keine Anstalten, in Richtung Weiher zu gehen, also setzte er sich neben sie und lauschte mit einem Ohr der Unterhaltung, die sich jetzt um etwas drehte, das Physik hieß und bestimmt nichts mit ihm zu tun hatte.

»Ihr habt doch gerade das gleiche Thema, oder?«, fragte Emma. »Hast du das mit der Reibung und den ganzen Formeln verstanden?«

Stefan nickte. »Klar, ist doch simpel.«

»Ha, das sagt der Experte! Ich hab da überhaupt keinen Durchblick mehr.« Emma zuckte mit den Schultern und setzte sich wieder in Bewegung. Otter sprang auf und ging langsam mit.

Stefan schwieg einen Moment, dann drehte er seinen Motorroller und schob ihn neben ihnen her. »Wenn du magst, kann ich ja versuchen, es dir zu erklären. Ist wirklich einfach, wenn man die Formeln auswendig lernt.«

Emma sah Stefan zweifelnd von der Seite an. »Ich weiß nicht...«

Otter spürte ihr Zögern sogar körperlich. Sie drehte die Leine um ihr Handgelenk und übte somit unbewusst einen Zug auf sein Halsband aus. Otter blickte zu ihr hoch, doch im Augenblick beachtete sie ihn überhaupt nicht. Er sah zu dem Jungen hinüber, dessen Gesicht vollkommen gleichgültig wirkte.

»Wenn du keine Lust hast...«

Nanu? Otter spitzte die Ohren erneut und lauschte aufmerksam. *Der Tonfall des Jungen hat sich ein ganz kleines bisschen verändert. Mir fällt so was immer gleich auf. Er klingt enttäuscht. Was das wohl zu bedeuten hat? Hat Emma ihm etwas Unfreundliches gesagt? Vielleicht sollte ich doch genauer hinhören, um alles mitzubekommen!*

»Du, Stefan, das ist echt nett von dir, aber ich weiß nicht, ob ich Zeit dafür habe«, hatte Emma schließlich eine Ausrede gefunden. Dass diese ziemlich lahm klang, wusste sie in dem Moment, in dem sie sie aussprach. Warum hatte sie überhaupt von dem Thema angefangen? Es war doch weithin bekannt, dass Stefan ein Physik-Ass war!

»War ja nur ein Angebot. Ich dachte ... du musst dir ja den Physik-Test nicht vermasseln.«

Das war ein Argument, wusste Emma. In Physik stand sie bestenfalls mittelmäßig. Eine weitere schlechte Note konnte sie sich nicht leisten.

»Na gut, wenn du meinst. Aber ich hab echt nicht viel Zeit.«

»Okay, morgen Nachmittag?«

Jetzt ist er wieder fröhlich und klingt erleichtert. Aber Emma ist irgendwie nervös. Was wohl mir ihr los ist?

»Da kann ich nicht, oder nur gleich nach der Schule, so um zwei. Um drei bin ich verabredet.«

»Doch wohl hoffentlich nicht mit Andy?« fragte Stefan besorgt.

Emma warf ihm einen ärgerlichen Blick zu. »Hältst du mich für bescheuert? Nee, mit einem anderen ... Jan ist zwei Klassen über uns und ...«

»Aha. Na ja, dann morgen um zwei bei dir?«, unterbrach Stefan sie und hatte es plötzlich eilig, auf seinen Roller zu steigen. »Ich muss jetzt los ... Bin auch verabredet. Ciao, Otter! Spring nicht soviel ins Wasser!« Er setzte seinen Helm auf und fuhr davon.

Emma sah ihm kurz nach, dann seufzte sie und ging weiter. Als sie an den Dorfanger kamen, wickelte sie sich ihren Schal vom Hals, legte ihn auf eine der Parkbänke und setzte sich darauf.

»Jetzt hab ich auch noch so eine blöde Nachhilfestunde am Hals!«, sagte sie zu Otter, der sich vor sie hinlegte und sie aufmerksam ansah. Sie streichelte ihm sanft über den Kopf. »Und ausgerechnet mit Stefan! Das passt mir überhaupt nicht.«

Warum nicht? Er ist doch nett.

»Er ist ja nett und so ...«

Eben!

»Aber wenn meine Freundinnen hören, dass ich mich mit ihm treffe ...« Sie runzelte sie Stirn. »Findest du, dass er gut aussieht?«

Keine Ahnung. Für mich sehen alle Menschen gleich gut aus. Was macht es auch, wie jemand aussieht? Viel wichtiger ist doch, wie er riecht! Und Stefan riecht angenehm. Und er hat ein freundliches Wesen.

»Ich stehe ja nicht so auf blonde Haare und blaue Augen. Obwohl, so wie er seine Haare trägt, ist ja nicht so übel. Und in Physik ist er wirklich genial, das sagen alle.«

Wieder seufzte sie. »Ich hoffe, es gibt nicht allzu viel Tratsch deswegen.«

Emma blickte über Otter hinweg auf die weiß mit Reif überzogene Wiese. »Wahrscheinlich hat er sowieso nur nett sein wollen. Bestimmt nervt es ihn ganz schnell, mir Physik beizubringen. Und hat er nicht sowieso eine Freundin? Er sagte doch, dass er verabredet ist.« Sie nickte. »Ja, so wird es sein, nicht wahr, Otter?«

Ihr Menschen seid seltsam. Ihr sagt etwas, aber euer Verhalten signalisiert etwas ganz anderes. Du glaubst jetzt gar nicht an das, was du eben gesagt hast. Warum sagst du es dann und wirkst dabei so unzufrieden? Ich verstehe das nicht. Aber dieses traurige Gesicht, das du machst, mag ich nicht. Ich muss dich unbedingt aufmuntern.

Otter stand auf und legte seinen Kopf auf Emmas Knie.

»Nanu? Was ist denn mir dir?«, wunderte sie sich und beugte sich über ihn.

Daraufhin hob er den Kopf und stupste ihre Nase mit der seinen an. Dann leckte er ihr über die Wange. Emma lachte. »Hey, ist ja schon gut. Du meinst wohl, ich soll nicht soviel Trübsal blasen, was? Hast ja Recht, das bringt sowieso nichts. Und die dämliche Physik-Nachhilfe geht ja schnell vorbei.«

Na ja, so ganz hast du es noch nicht kapiert, aber immerhin – ein Anfang.

»Komm, lass uns noch ein Stückchen laufen. Aber bald müssen wir wieder nach Hause.« Mit neuer Energie stand Emma auf und rannte los. Otter sprang mit einem fröhlichen »Wuff!« neben ihr her.

»Sollen wir um die Wette laufen? Das ist gemein, du hast doch vier Füße und bist viel schneller!« Emma blieb stehen, löste die Leine von Otters Halsband und rannte wieder los. »Komm! Bis zum Ende der Wiese!«

Das ließ Otter sich nicht zweimal sagen, denn am Ende der Wiese wartete - *jawohl!* - der Weiher. Er rannte los.

»O nein!« Emma schlug sich gegen die Stirn. »Otter, warte! Nicht in den Weiher springen!«

Wasser! Wasser! Halt, Stopp! Was ist das denn?

Otter blieb am Rand es Weihers wie angewurzelt stehen.

Da ist ja gar kein Wasser mehr! Aber dafür eine harte, kalte Fläche.

Er berührte die grauweiße Eisfläche vorsichtig mit einer Pfote.

Moment mal Eis! Na *so was.*

Hinter ihm kam Emma völlig außer Atem zum Stehen. »Puh, da hab ich ja noch mal Glück gehabt. Tja, Otter, der Weiher ist zugefroren. Komm von dem Eis weg, das ist bestimmt viel zu dünn und hält dein Gewicht nicht aus.«

Enttäuscht machte Otter ein paar Schritte rückwärts und wandte sich dann von dem erstarrten Gewässer ab.

So ein Pech. Ein schönes Bad wäre jetzt genau das Richtige gewesen!

7. Kapitel

»Nun kommt schon, nicht so langsam!«, rief Karl und stiefelte den steilen Waldweg hinauf. Das gefrorene Laub knisterte unter seinen Schritten. Irgendwo in den Baumwipfeln hockten zwei Krähen und unterhielten sich krächzend. »Der Förster hat mir gesagt, in der Schonung dort oben können wir uns einen schönen Weihnachtsbaum aussuchen. Aber wenn ihr so langsam geht, ist es ja dunkel, bevor wir angekommen sind.«

»Mensch Papa, wir können nicht so schnell!«, keuchte Tommi. »Du hast ja viel längere Beine als wir.«

Karl lachte. »Nehmt euch mal ein Beispiel an Otter. Der läuft voraus wie der Wind, obwohl seine Beine noch viel kürzer sind als eure.«

»Dafür hat er ja auch vier davon«, maulte Emma, musste jedoch ebenfalls lachen.

Es war jedes Jahr das gleiche, wenn sie nach einem Christbaum Ausschau hielten. Meistens mussten sie irgendwo im tiefsten Wald nach den Stellen suchen, die der Förster ihnen vorgeschlagen hatte, und ihr Vater, der sich wie ein Kind auf die jährliche Weihnachtsbaum-Aktion freute, scheuchte sie und Tommi durch die Gegend, ohne daran zu denken, dass er der einzige in der Familie war, der regelmäßig Sport trieb.

»Mama war schlauer«, jammerte Tommi übertrieben laut. »Sie ist schön zu Hause geblieben. Mann, es ist saukalt!«

»Tommi!« Karl drehte sich um und hob tadelnd den Finger. Doch dann wies er wieder nach vorne. »Seht, da ist es schon! Emma, gib mir mal die Säge.«

»Die Bäume stehen aber alle eng zusammen«, meinte sie. »Da finden wir bestimmt keinen schönen Weihnachtsbaum.«

»Ach was, wir haben doch gerade erst angefangen zu suchen. Geht ihr mal links herum, ich schaue auf der rechten Seite.« Karl klemmte sich die Säge unter den Arm und marschierte los.

Emma zuckte mit den Schultern. »Na gut. Komm, Tommi. Otter! Los, geh mit uns! Vielleicht findest du ja einen schönen Baum.«

Einen Baum finden?

Otter kam folgsam angetrabt.

Hier stehen doch Hunderte Bäume. Die müssen wir doch nicht erst suchen. Ein paar habe ich schon markiert.

»Der hier ist nicht schlecht.« Tommi zeigte auf eine kräftige kleine Fichte.

»Zu klein.« Emma winkte ab. »Aber die hier ... nee, die ist ja auf der Rückseite schon total vertrocknet.«

»Emma! Tommi!«, schallte Karls Stimme durch den Wald. »Kommt mal her, ich hab einen gefunden!«

»Oh oh!« Die beiden grinsten einander an und rannten los. Otter stürmte bellend an ihnen vorbei.

»Wo denn?«, rief Tommi und blickte sich um. Dann sah er seinen Vater vor einer ausladenden

Nordmanntanne stehen.

»Der Baum ist perfekt«, erklärte Karl.

Emma ging um die Tanne herum, die tatsächlich wie aus dem Bilderbuch da stand. »Ist die nicht ein bisschen zu groß?«

»Ach was, wir können sie ja ein Stück über dem Boden absägen.«

Karl wies auf einen Punkt am Stamm, etwa einen Meter über dem Boden.

»Mama kriegt einen Schreck, wenn sie den Riesenbaum sieht.« Tommi kicherte. »Ich find' ihn toll.«

»Also gut, dann mal los.« Karl setzte die Säge an, Emma zog sich ihre mitgebrachten Arbeitshandschuhe über und hielt den Stamm fest, damit er nicht auf sie kippte.

Was macht ihr denn da? Warum schneidet ihr denn den Baum ab?

Aufgeregt lief Otter um die drei herum.

»Darf ich mittragen?« Als der Baum am Boden lag, griff Tommi nach der Spitze.

Karl nickte. »Sicher, wenn er dir nicht zu schwer wird. Ich packe unten an. Emma, nimm du die Säge! Das ging ja diesmal richtig schnell. Eure Mama wird staunen.«

»Das fürchte ich auch«, murmelte Emma amüsiert, während sie ihren Vater und Tommi mit dem noch immer viel zu großen Baum betrachtete.

Otter rannte erregt auf und ab und schnüffelte an der Tanne.

Was? Ihr nehmt den Baum jetzt auch noch mit?

Wozu braucht ihr den denn? Bäume sind doch dazu da, dass wir Hunde unser Revier daran markieren. Sonst *sind sie doch zu nichts nütze, oder?*

»Komm, Otter, ich nehme dich lieber an die Leine, sonst fällt Papa gleich noch über dich.« Mit einer raschen Handbewegung legte Emma Otter die Leine an, und er sah verwundert zu ihr auf.

Na gut, dann gehe ich eben langsamer. Aber das mit dem Baum finde ich doch so aufregend. Ist der vielleicht für mich? Aber in unserem Garten stehen doch auch Bäume und die haben wenigstens nicht so piksende Nadeln.

Zuhause angekommen wunderte Otter sich nicht schlecht, als Karl und Tommi den Baum ins Wohnzimmer schleppten und dort in einem Standfuß befestigten. Die unteren Äste der Tanne ragten teilweise bis weit ins Zimmer, auf der rechten Seite drückten sie sich an der Seitenlehne des schwarzen Ledersessels hoch.

Ein Baum im Haus? Was ist denn jetzt los? Den darf ich doch dann bestimmt nicht markieren. Jetzt verstehe ich gar nichts mehr.

»Was ist das denn, Karl?« Andrea war die Kellertreppe heraufgekommen und im Türrahmen zum Wohnzimmer stehen geblieben. Langsam stellte sie den vollen Wäschekorb ab und betrachtete mit großen Augen die Tanne.

»Der Baum ist toll, Mama, oder?« Tommi grinste von einem Ohr zum anderen.

»O ja, ganz toll.« Noch immer ungläubig schüttelte Andrea den Kopf. »Karl, findest du nicht, der

Baum ist ein bisschen ... riesig?«

»Ach, was, der ist genau richtig. Wir müssen nur den Sessel ein Stück zur Seite schieben und unten noch ein paar Äste kappen, dann ist er perfekt.« Strahlend gab Karl ihr einen Kuss und schob dann den Couchtisch ein Stück zur Seite.

»Und wie sollen wir jetzt an den Bücherschrank kommen?«

»Für die paar Tage ist das doch nicht so wichtig, oder?«

»Das sagt die Leseratte in unserer Familie.« Nun doch amüsiert sah sich Andrea den Baum genauer an. »Schön gewachsen ist er ja. Ich hoffe nur, wir haben genügend Christbaumkugeln, um dieses Ungetüm vollständig zu schmücken.«

Tommi warf sich auf die Couch und kickte die Schuhe von den Füßen. »Wir können ja noch Kugeln kaufen gehen. Du schmückst den Baum doch sowieso erst am Tag vor Heiligabend, oder? Also haben wir noch zwei Tage Zeit.«

»Wie Recht du hast.« Andrea zupfte ihn am Ohr. »Räum bitte deine Schuhe aus dem Weg. Und Otter... Otter! Geh von dem Baum weg! Wehe, du hebst dein Bein!«

Mach ich doch gar nicht Aber schnüffeln wird doch wohl erlaubt sein. Es riecht hier jetzt wie im Wald. Sehr angenehm. Aber noch besser riechen die Plätzchen da auf dem Tisch.

Otter wandte sich von der Tanne ab und tapste auf den Couchtisch zu. Schnüffelnd hob er die Nase und sah Andrea dann mit schräg gelegtem Kopf an.

Sie lachte. »Du weißt auch, was gut ist, wie? Emma, gib Otter einen Hundekuchen. Sonst plündert er am Ende noch den Plätzchenteller.«

»Okay, dann muss ich aber noch Physik lernen. Stefan kommt morgen, um mir Nachhilfe zu geben.«

»Stefan? Ich dachte, du seiest mit einem Jan verabredet.«

»Ja, danach.«

»Wer ist Jan? Nicht Andy-Schmandy?«, rief Tommi dazwischen. »Ich dachte, der wäre so toll!«

»Halt die Klappe!« Emma knuffte Tommi in die Seite.

»Halt sie doch selber! Und wer ist Stefan? Hast du jetzt schon zwei Freunde? Papa, Emma hat zwei Freunde gleichzeitig. Dann ist sie doch eine Bigi... bigomisin, oder?«

Karl lachte. »Bigamistin, meinst du. Nein, das wäre sie nur, wenn sie mit zwei Männern gleichzeitig verheiratet wäre. So ist sie nur ...« Er hielt inne, runzelte die Stirn und schob seine Brille zurecht. »Emma, warum bist du mit zwei Jungen an einem Tag verabredet? Findest du das in Ordnung?«

»Ach, Papa, Stefan ist doch keine Verabredung! Er hilft mir nur bei Physik. Und er ist auch gar nicht mein Typ. Und überhaupt! Ich werde im Januar sechzehn! Da kann ich ja wohl selbst entscheiden, was ich tue!« Aufgebracht stemmte Emma die Hände in die Hüften.

»Ist ja gut, ist ja gut. Ich will nichts gesagt haben.« Abwehrend hob Karl die Hände. »Die junge

Dame weiß also, was sie tut. Ich will nur hoffen, dass dann nicht wieder der große Katzenjammer kommt.«

»Karl!« Andrea sah ihm in die Augen und schüttelte warnend den Kopf.

Emmas Miene wurde finster. »Also so einen Mist muss ich mir ja wohl nicht...«

»Emma, geh am besten in dein Zimmer. Ich komme gleich mal rauf.« Andrea wies mit dem Kinn zur Tür.

»Aber ... Ach, was soll's. Komm, Otter, wir gehen rauf.« Wütend drehte Emma sich um und stürzte aus dem Zimmer. Otter legte die Ohren an und flitzte hinter ihr her.

Warte doch mall Was ist denn los?

»So was Blödes. Ich bin doch kein Baby mehr«, grollte Emma. Sie setzte sich auf den Hocker vor ihrer Frisierkommode und starrte wütend ihr Spiegelbild an. »Was sagst du dazu, Otter? Er behandelt mich noch immer, als wäre ich erst fünf!«

Ich weiß noch immer nicht, um was es überhaupt geht! Schau doch nicht so grimmig!

Otter legte ihr den Kopf aufs Knie und schnaufte.

»Ich weiß, du kannst auch nichts dafür.« Zärtlich fuhr Emma dem Hund durch das dichte Fell hinter seinen Ohren. »Was soll's! Ich werde jetzt wirklich mal Physik lernen, sonst hält mich Stefan morgen wahrscheinlich für eine totale Niete. Das muss ja nicht sein, oder?«

Wenn *du es sagst.*

Aufmerksam beobachtete Otter, wie Emma nach

ihrer Schultasche griff, ein Buch herauszog und sich damit aufs Bett warf. Er legte sich neben dem Bett auf den Teppich und beschloss, ein Weilchen zu dösen.

Als es wenig später an der Tür klopfte und Andrea eintrat, hob er nur kurz den Kopf, legte ihn aber sogleich wieder auf seine Pfoten und beschränkte sich darauf, kurz mit der Schwanzspitze zu zucken. Zu mehr hatte er keine Lust. Der Ausflug in den Wald hatte ihn müde gemacht.

Andrea setzte sich auf die Bettkante. »Deine Physiklehrerin meinte beim letzten Elternsprechtag, du hättest in ihrem Fach arg nachgelassen.«

Emma zog einen genervten Flunsch. »Deshalb übe ich ja auch. Was kann ich dafür, wenn ich das mit der Reibung und diesem ganzen verdammten Mist nicht kapiere?«

»Emma! Hör bitte auf zu fluchen. Ich habe dich doch überhaupt nicht dafür verurteilt. Mit Physik hatte ich auch nie etwas am Hut. Ich dachte nur ... In den anderen Fächern hast du nicht nachgelassen. Das freut uns natürlich, aber es wundert mich ein bisschen. Warum nur Physik?«

»Weiß ich auch nicht.« Emma starrte missmutig in ihr Buch, doch dann klappte sie es mit einem Mal heftig zu. »Hey, du glaubst doch wohl nicht etwa, ich wäre nur schlechter geworden, damit Stefan ... Also echt, Mama! Wofür hältst du mich eigentlich? Stefan ist ja ganz nett, aber er ist eigentlich gar nicht mein Typ.«

»Ist er nicht?«

»Nein. Und selbst wenn, würde ich nie auf so eine dämliche Idee kommen. Meinst du, ich will mir wegen einem Typ den Notendurchschnitt vermasseln?«

»Dann bin ich ja beruhigt.« Andrea lächelte über das aufgebrachte Gesicht ihrer Tochter. »Weißt du, ich hab so was nämlich mal versucht, da war ich in der elften Klasse. Aber bei mir war es Mathematik. Es gab da so einen Jungen in der Abiturklasse, der gefiel mir sehr, aber ich wusste einfach nicht, wie ich ihn auf mich aufmerksam machen sollte. Er war ein Mathe-Ass, ich in diesem Fach nur Durchschnitt. Tja, und da lag es nahe ...«

»Du hast dich wegen ihm im Unterricht verschlechtert?« Emma riss verblüfft die Augen auf. »Das war doch wohl hoffentlich nicht der, der dich damals so hat sitzen lassen?«

Andrea lachte. »Nein, das war ein anderer und ein ganzes Jahr vorher. Und ja, ich bin absichtlich ein halbes Jahr lang in Mathe schlechter geworden und musste mir deshalb einiges von unserem Lehrer anhören. Schließlich hat er den Jungen gebeten, mir Nachhilfe zu geben.«

»Also hat dein Plan auch noch funktioniert?« Kopf schüttelnd drehte Emma das Physikbuch in den Händen.

»Und wie er geklappt hat! Nach ein, zwei Nachhilfestunden stellte sich nämlich heraus, dass der besagte Junge schon länger ein Auge auf mich geworfen und sich nur nicht getraut hatte, mich anzusprechen.« Bei der Erinnerung lächelte Andrea wieder. »Aber was ich damit sagen wollte, ist, dass das vielleicht einmal bei mir funktioniert hat, aber ich würde es dennoch nicht gutheißen, wenn du so etwas tätest, Emma. Es gibt auch andere Wege ...«

»Mama!« Emma verdrehte die Augen. »Ich hab dir doch gesagt, dass ich nicht deshalb schlechter geworden bin. Ehrenwort! Ich kapiere den Stoff nur einfach nicht.« Sie hielt inne und sah ihre Mutter neugierig an. »Von dieser Sache hast du vorher noch nie geredet. Was ist denn aus diesem Mathe-Ass geworden?«

Etwas verlegen zuckte Andrea mit den Achseln. »Ich habe ihn geheiratet.«

Emma klappte die Kinnlade herunter. »Du hast...? Papa war das? O Gott, Mama!«

»Was denn? Natürlich nicht gleich. Du weißt doch, wann wir geheiratet haben und auch, dass wir vorher schon einige Jahre zusammen waren. Na, und jetzt weißt du auch, wie es dazu gekommen ist.«

»Du hast doch immer gesagt, ihr hättet euch vor dem Eingang der Fachhochschule kennengelernt.«

Andrea nickte. »So war es im Grunde auch. Wir trafen uns vor der ersten Nachhilfestunde dort, denn er hatte vorher einen Termin in der Fachhochschule, um sich für das Architekturstudium einzuschreiben.«

Emma ließ sich in ihre Kissen sinken und schlug das Buch wieder auf. »Also wirklich, was man nicht alles über die eigenen Eltern erfahren kann! Na ja, ich muss jetzt wirklich Physik lernen, aber bestimmt nicht, um Stefan dann für seine Nachhilfe zu heiraten!« Andrea blinzelte ihr zu. »Für die Nachhilfe habe ich deinen Vater auch nicht geheiratet. Aber du weißt doch, wo die Liebe hinfällt ...«

»Ja, ja. Aber bei mir fällt momentan gar nix. Und schon gar nicht auf Stefan. Der ist viel zu ... ich weiß auch nicht.«

»Aha. Das sind meistens die besten.«

»Mama!«

»Ich geh ja schon.« Andrea lachte, strich Otter leicht über den Rücken, was der Hund mit einem Schwanzwedeln quittierte, und ging zur Tür. »Aber ich werde mir diesen Stefan trotzdem morgen mal ansehen.«

»O Gott, Mama, bitte nicht!«

»War doch nur ein Scherz!« Andrea schloss die Tür hinter sich.

8. Kapitel

Am nächsten Nachmittag klingelte es pünktlich um fünf vor zwei an der Haustür.

Tommi, der Otter gerade die Leine am Halsband befestigt hatte und halb in seinem Anorak steckte, riss die Tür auf.

»Hi.« Er musterte den groß gewachsenen blonden Jungen neugierig. »Bist du Jan? Emma ist oben.«

»Nein, ich bin Stefan.« Stefan grinste. »Kannst mich aber auch Jan nennen, wenn du dir das besser merken kannst. Hallo, Otter.« Er streichelte dem aufgeregt wedelnden Hund über den Kopf und ließ sich lachend abschlecken. »Hey, ich wünschte, alle würden sich immer so über meinen Besuch freuen!«

Ich freue mich jedenfalls. Was kümmern mich die anderen?

»Du siehst aber besser aus als Andy-Schmandy!«, befand Tommi mit Kennermiene.

Stefan lachte. »Das will ich doch sehr hoffen. Der Typ ist ein Idiot, was?«

»Klar!«, bestätigte Tommi. »Du bist cool.«

»Danke, du auch«, antwortete Stefan und blickte auf, als Emma die Treppe herunterkam.

»Hau ab, Tommi, du störst! Aber geh nicht allein in den Wald! Du weißt schon, wegen der Holzdiebe«, sagte sie und lächelte Stefan entschuldigend an. »Sorry, mein kleiner Bruder halt.«

Tommi streckte ihr die Zunge raus und verschwand mit Otter nach draußen.

»Ich weiß, ich hab eine kleine Schwester in seinem Alter. Die ist noch viel schlimmer.«

»Nee, bestimmt nicht!« Emma lachte. »Komm mit rauf, ich hab die Physiksachen schon vorbereitet.«

»Gemütlich hast du es hier«, sagte Stefan und sah sich in ihrem Zimmer um.

»Findest du? Die Kommode ist von meiner Uroma. Sie war immer total lieb und richtig vornehm, auch noch mit sechsundneunzig. Das weiß ich noch. Leider ist sie gestorben, als ich acht war. Aber sie hat immer gesagt, die Kommode ist nur für mich. Deshalb werde ich sie auch für alle Zeit behalten und eines Tages meiner Urenkelin vererben.«

»Aha, da hast du dir ja was vorgenommen. Willst du auch sechsundneunzig werden?«

»Aber klar, mindestens. Vielleicht sogar hundertzehn. Aber nur, wenn ich dann noch so fit bin wie damals Uroma.« Emma deutete auf ihren Schreibtisch, vor dem sie zwei Stühle zurechtgerückt hatte. »Dann lass uns mal anfangen. Aber ich warne dich, in Physik bin ich ein hoffnungsloser Fall. Ich wünschte, wir würden ein anderes Thema anfangen. Mit Reibung habe ich echt meine Probleme.« Sie setzte ich, und Stefan nahm neben ihr Platz.

»Tatsächlich? Nur in Physik oder auch im wirklichen Leben?«

»Hey!« Sie stieß ihm empört den Ellenbogen in die Seite. »In Physik natürlich. Aber, wenn du es genau wissen willst, momentan auch ... im richtigen Leben.« Sie beschäftige sich angelegentlich mit ihrem Physikheft. Warum wurde sie nur plötzlich so nervös? Sie spürte, dass Stefan sie von der Seite ansah, und gleichzeitig, wie ihre Wangen heiß wurden.

»Ist das so?«

»Wenn ich es sage.« Sie schlug demonstrativ das Buch auf. »Lass uns anfangen, ich habe doch gleich noch eine Verabredung.«

»Okay. Also, was hast du denn nicht verstanden?«

Emma vermied es, Stefan direkt anzusehen und zeigte ihm anhand ihres letzten Physiktests, wo ihre Schwäche lag. Dabei spähte sie unauffällig zu ihm hinüber, doch an seinem Gesichtsausdruck konnte sie nicht ablesen, was in ihm vorging.

Eine knappe dreiviertel Stunde später lehnte sich Stefan auf seinem Stuhl zurück. »Und wo war jetzt das Problem?«

Emma strich sich eine Haarsträhne hinters Ohr. »Weiß ich auch nicht. Das ist ja echt einfach. Irgendwie hab ich die Formeln immer verdreht. Aber du bist auch wirklich ein toller Lehrer, Stefan.«

»Ach, ich helfe gerne, wenn ich kann.« Er winkte ab. »Vielleicht kannst du mir ja dafür irgendwann mal in Französisch Nachhilfe geben.« Er stieß sie scherzhaft an. »In der Sprache natürlich.«

»Ha ha.« Emma stand auf und packte ihre Sachen zusammen. »Wenn du ...«Ihr Blick fiel aus dem Fenster, und sie griff sich entsetzt an den Kopf. »O verdammt! Das ist nicht gut, gar nicht gut!«

»Was ist denn los?« Verwundert trat Stefan ebenfalls ans Fenster.

»Da kommt Tommi mit Otter!«, rief Emma. »Und Otter ist klatschnass!«

Augenblicke später hörte man bereits, wie die Haustür geöffnet wurde. Emma stürmte aus ihrem Zimmer und die Treppe hinab, doch da war das Unglück bereits in vollem Gange. Tommi hatte Otter vor der Haustür von der Leine losgemacht, und der Hund rannte pfeilgerade durch den Flur und auf die Wohnzimmertür zu.

Ab ins Warme! Der Bach ist toll aber auch ziemlich kalt.

»Otter, halt! Bleib stehen!«, brüllte Tommi erschrocken.

Ohne sein Tempo zu drosseln, stieß Otter mit der Nase die Wohnzimmertür auf und stürmte in den Raum.

O *verflixt, was ist das denn? Wie kommt denn der Baum ins Wohnzimmer*?

Mit einer filmreifen Drehung versuchte Otter dem Ungetüm von Weihnachtsbaum auszuweichen und gleichzeitig seinen Lauf abzubremsen. Er schlitterte über die Fliesen, verfing sich in einem kleinen Läufer und erwischte die Tanne mit voller Breitseite.

Der Baum kippte um, stieß mit der Spitze gegen den Leuchter, der bedenklich zu schwanken begann, riss ein paar Bücher aus dem Regal zu Boden und warf zuletzt eine große Vase samt Inhalt um, die klirrend zu Bruch ging. Wasser ergoss sich quer durch das Wohnzimmer.

Otter jaulte erschrocken auf und flüchtete hinter die Couch.

»Otter, o nein!« Emma rannte ins Wohnzimmer und wäre beinahe selbst über den quer liegenden Weihnachtsbaum gefallen. »Otter, komm her! Wo bist du denn?«

»Was ist denn hier los?« Karl kam aus seinem Arbeitszimmer geeilt und blieb wie angewurzelt in der Wohnzimmertür stehen. »Das darf doch wohl nicht wahr sein! OTTER! Dieser verfluchte KÖTER! Seht euch an, was er hier für ein Chaos angerichtet hat!«

»Aber Papa«, piepste Tommi erschrocken.

»Damit ist jetzt ein für alle Mal Schluss!« Karl stürzte auf Otter zu, der sich verängstigt an Emma presste.

Ich habe den Baum vergessen. Tut mir leid. Seid bitte nicht böse.

»Nicht, Papa!«, rief Emma, als Karl den winselnden Otter am Halsband packte. In diesem Moment klingelte es an der Haustür.

»Lass Otter los. Er kann doch nichts dafür!«, heulte Tommi.

Doch Karl zerrte Otter unbarmherzig am Halsband zur Haustür. »Und seht euch die Schweinerei an. Überall Wasser und Schlammspritzer!« Er riss die Haustür auf. »RAUS mit dir, du Untier!«

Mit einem unsanften Stoß beförderte er Otter vor die Tür.

He, was soll ich denn draußen? Es tut mir doch leid!

»Mach, dass du mir aus den Augen kommst! Ich will dich hier drin nicht mehr sehen!«

Ich geh ja schon.

Mit eingezogenem Schwanz und einem verzweifelten Jaulen rannte Otter in den Garten.

Erst jetzt bemerkte Karl den jungen Mann, der unschlüssig vor der Haustür stand. »Entschuldigung.«

Mit Mühe rang Karl um Fassung und blickte über die Schulter auf den heulenden Tommi und die entsetzte Emma. Dann wandte er sich dem Besucher wieder zu. »Sie sind bestimmt Stefan. Kommen Sie herein.« Mit diesen Worten drehte sich Karl um und verschwand in seinem Büro. Die Tür klappte hörbar hinter ihm zu.

»Äh, mein Name ist Jan. Ich wollte ...« Jan trat ein und ging auf Emma zu. »Hi, Emma. Bisschen chaotisch hier, was? Sollen wir abhauen?«

»Ich ... du ...« Emma fuhr sich mit beiden Händen durchs Haar. Erst jetzt erinnerte sie sich an Stefan, der auf dem unteren Treppenabsatz stand und sie besorgt anblickte.

»Alles klar mit dir?«, fragte er.

Sie nickte. »Ich glaube schon. Vielleicht solltest du jetzt gehen.«

»Okay.« Stefan nickte ebenfalls, nicht besonders froh allerdings, und warf Jan einen wenig freundlichen Blick zu. Dann streichelte er Emma kurz über den Arm. »Wird schon wieder. Wir sehen uns.«

Emma wandte sich an Jan. »Hallo. Tut mir leid, aber ...« Die Haustür fiel hinter Stefan ins Schloss. Etwas irritiert blickte sie dorthin, wo er eben noch gestanden hatte.

»Dann mal los«, sagte Jan. »Ich lade dich auf einen Kaffee ins *Bistro Carmen* ein.«

Emma riss sich zusammen und blickte Jan ins Gesicht, der sich offenbar keine Gedanken um die Szene von eben machte. Plötzlich ärgerte sie sich darüber. »Du, ich glaube, das ist keine gute Idee. Vielleicht ein andermal.« Sie ging zur Tür. »Ich muss mich um Tommi kümmern und um Otter. Es wäre besser, wenn du wieder gehst.«

»Aber warum denn? Jetzt hab ich mir extra von meinem Job freigenommen. Komm schon! Der Zwerg beruhigt sich schon wieder.« Jan lächelte unbekümmert, was Emma jedoch noch mehr aufregte.

»Ich hab aber jetzt keine Lust mehr!«, giftete sie.

Jan zuckte mit den Schultern. »Okay, dann eben nicht. Bist ein bisschen empfindlich, was? Oder hast du was mit diesem Stefan? Physik-Nachhilfe – dass ich nicht lache!« Er machte kehrt und verließ das Haus. Aufatmend drehte Emma sich zu ihrem noch immer schluchzenden Bruder um.

»Komm schon, ist doch nicht so schlimm. Los, wir gehen raus und kümmern uns um Otter, ja?«

»Papa ist so gemein! Ich wollte Otter doch abtrocknen.«

»Ich weiß.« Emma warf sich ihre Jacke über und ging nach draußen. »Komm, Tommi, Otter wird ein bisschen Trost brauchen. Er ist bestimmt total verschre... O nein!« Entsetzt starrte Emma auf das weit offen stehende Gartentür. »Otter! Wo bist du? Komm her, mein Junge!«, lockte sie, obwohl sie bereits wusste, dass der Hund sie nicht hörte.

»Wo ist Otter?«, fragte Tommi und trat ebenfalls ins Freie. Sofort fiel sein Blick auf das offene Tor. »Ist er weg? Emma, Otter ist weg!« Er rannte quer durch den Garten und auf die Straße. Doch weit und breit war keine Spur von Otter zu sehen. »Er ist weg, Emma! Und Papa ist Schuld!«

Wieder begannen die Tränen bei Tommi zu fließen. Emma rannte zu ihrem Bruder und nahm ihn in den Arm. »Ich weiß, Tommi. Aber Otter ist bestimmt nicht weit weg. Wir finden ihn ganz bald wieder.«

»Nein, er ist weg! Weg!«, schluchzte er.

Emma hielt ihn fest und blickte zum offenen Gartentor. Auch ihr kamen nun die Tränen. Was war, wenn Otter etwas passierte? Wenn ein Auto ... Sie mochte es sich gar nicht ausmalen. Aber Otter war ein kluger Hund. Er würde bestimmt auf sich aufpassen und bald wieder zurück sein.

»Komm, wir gehen rein. Wir müssen Papa Bescheid sagen.«

»Nein, wir müssen Otter suchen!«

»Wir müssen jetzt erst mal Papa Bescheid sagen und dann überlegen, was wir machen.«

In diesem Moment trat Karl aus der Tür. »Was soll denn das Geplärre schon wieder?«

Emma blickte ihn zornig an. »Otter ist weggelaufen, weil dieser Idiot von Jan das Gartentor offen gelassen hat. Musstest du den armen Hund unbedingt rausschmeißen? Jetzt ist er bestimmt total verängstigt.«

Karl warf einen Blick auf das Gartentor. Im ersten

Augenblick sah er ein wenig entsetzt aus, doch dann zuckte er mit den Schultern. »Der Hund kommt schon wieder, Emma. Spätestens, wenn er Hunger hat.« Er wandte sich ab und wollte wieder ins Haus gehen.

»Papa!«, schrie Tommi aufgebracht und wischte sich mit beiden Händen über die Augen. »Wir müssen ihn suchen. Du musst uns helfen, bitte!«

Karl blickte verärgert über die Schulter. »Ich muss gar nichts. Oder doch, das Chaos im Wohnzimmer muss ich beseitigen. Was glaubt ihr, was eure Mutter sagt, wenn sie das sieht?« Er blickte auf seine Armbanduhr. »Auch das noch! Ich habe einen Termin mit einem Kunden. Das hätte ich beinahe vergessen. Emma, räumt ihr drinnen auf?«

Emma sah ihren Vater verständnislos an. »Wie kannst du nur so herzlos sein? Otter ist weg! Wir müssen doch was tun! Und dich interessiert nur dieser blöde Termin.«

Karl drehte sich zu ihr um und verschränkte die Arme vor der Brust. »So einen Ton will ich von dir nicht hören, junge Dame. Geht rein und räumt auf. Bis ihr fertig seid, ist der Hund garantiert wieder da. Weit kann er ja wohl nicht sein, und wohin soll er auch sonst gehen?« Als Tommi wieder aufschluchzte, entspannte sich seine Miene ein wenig. »Also gut, wenn es euch beruhigt, dann werde ich auf dem Weg zu meinem Termin nach ihm Ausschau halten. Und jetzt rein mit euch, es ist kalt.« Er ging voran, nahm sich seine Jacke von der Garderobe, holte seine Aktentasche aus dem Büro und war wenig später wieder draußen. Emma und Tommi hörten den Motor des Jeeps anspringen. Sie standen beide unschlüssig im Flur, bis Tommi sagte: »Ich will Otter suchen, Emma.«

Sie nickte. »Ich auch. Aber wir müssen erst das Wohnzimmer aufräumen, sonst gibt es noch mehr Ärger. Und Mama kommt auch gleich nach Hause. Sie hilft uns bestimmt. Geh und hol einen Putzeimer und den Mopp. Dann kannst du den Flur putzen, ich bringe den Baum in Ordnung.«

Tommi nickte unglücklich, tat aber, was Emma ihm aufgetragen hatte. Seufzend ging sie ins Wohnzimmer, stellte den Baum wieder auf und sammelte die Scherben und umher liegenden Blumen auf. Die Bücher kamen ins Regal zurück, der Läufer wieder an seinen Platz. Die Wasserlache war ebenfalls schnell beseitigt.

Gerade als Tommi zur Terrassentür hinausging, um den Putzeimer auszuleeren, kam Andrea nach Hause.

»Nanu?« Sie stellte ihren Einkaufskorb ab und hängte ihre Umhängetasche an die Garderobe. Dabei fiel ihr Blick auf den glänzend nassen Fußboden. »Was ist das denn? Seit wann macht ihr beiden denn den Hausputz? Oder hat Otter sich mal wieder verewigt?«

»O Mama.« Emma wischte sich die feuchten Hände an der Jeans ab. »Otter ist weggelaufen.« Sie schilderte mit wenigen Worten, was geschehen war. Andrea schüttelte verwundert den Kopf. »Was ist nur mit diesem Hund los, dass er es regelmäßig schafft, unseren Haushalt auf den Kopf zu stellen?«

»Mama!« Empört verschränkte Emma die Arme vor der Brust und ähnelte mit einem Mal sehr ihrem Vater. »Otter kann doch gar nichts dafür. Er ist doch ein Hund! Bestimmt hat er den Baum nicht mit Absicht umgeworfen. Gut, Tommi hätte ihn nicht von der Leine lassen dürfen, aber was sollen wir denn jetzt tun?« Sie drehte sich um und sah ihren Bruder an, der mittlerweile hinter ihr aufgetaucht war. Dann wandte sie sich wieder an ihre Mutter. »Wir wollen jetzt nach ihm suchen. Hilfst du uns?«

Andrea strich sich die Haare aus der Stirn und nickte. »Also gut. Aber sag, hattest du nicht heute eine Verabredung?«

Emma verdrehte die Augen. »Das ist mir doch so was von sch...« Sie hielt inne. »Ich habe Jan weggeschickt. Otter ist jetzt viel wichtiger!«

Andrea überlegte kurz. »Dann geht los, am besten trennt ihr euch und sucht in verschiedenen Richtungen. Nehmt eure Handys mit. Ich bleibe hier, falls Otter doch noch von selbst auftaucht.« Sie strich Tommi über den Kopf. »Nun mach nicht so ein Gesicht. Otter ist doch nicht dumm. Bestimmt ist er spätestens zum Abendessen wieder hier.«

»Und wenn nicht?« Tommi zog sich seinen Anorak an und schob sein Handy in die Tasche.

»Er wird zurückkommen, da bin ich mir ganz sicher«, sagte Andrea überzeugt.

»Komm, lass uns losgehen!« Emma wickelte sich ihren Schal um den Hals, zog den Reißverschluss ihres Mantels zu und steckte sich ihre Handschuhe ein.

»Geh du nach rechts, zum Dorfanger«, meinte sie, als sie auf der Straße standen. »Ich suche drüben beim Wildacker.«

»Aber nicht allein in den Wald, habt ihr verstanden?«, rief Andrea ihnen mahnend zu. »Geht nur zusammen und auch dann nicht zu weit. Die Polizei hat noch immer keine Spur von den Holzdieben, und wer weiß, was die machen, wenn ihnen jemand begegnet.«

»Okay.« Tommi war sichtlich erleichtert, dass er endlich nach Otter suchen durfte. Er sog die kalte Luft ein. »Es riecht nach Schnee.«

Emma nickte und sah hinauf zu den Wolken, die schon den ganzen Tag den Himmel bedeckten. »Ich hoffe, es fängt erst morgen an. Bis nachher und viel Glück!«

Tommi marschierte los, und auch Emma machte sich auf den Weg. Leider waren nirgends Spuren zu erkennen. Sie ging mit weit ausholenden Schritten hinaus aufs freie Feld; dort rief sie nach Otter, doch ohne Erfolg. Alle Wege, die sie bisher mit ihm gegangen war, lief sie ab, doch Otter war und blieb verschwunden. Wind kam auf und pfiff in hohen Tönen. Dazwischen meinte Emma auch noch ein Klirren oder Klimpern zu hören, doch sie konnte sich auch getäuscht haben.

Plötzlich klingelte ihr Handy. Sie blickte auf das Display und meldete sich dann. »Hast du ihn gefunden?«

»Nein.« Tommi klang wieder weinerlich. »Er ist nicht am Dorfanger gewesen. Frau Reimbold war dort und meinte, sie hätte ihn bestimmt gesehen.«

»Aha.« Verzagt nickte Emma vor sich hin. Frau Reimbold war eine nette ältere Dame, die jeden Tag mit ihrer Katze an der Leine am Dorfplatz spazieren ging. Die Katze trug so ein komisches Geschirr, und Emma hatte sich schon oft darüber amüsiert. Aber wenn Frau Reimbold sagte, sie habe Otter nicht gesehen, dann war es auch so. Ihr entging nämlich so gut wie nichts. »Dann such weiter! Hast du schon am Weiher oder hinten im Wald an der Kapelle geschaut?«

»Da will ich jetzt hin. Alleine wollte ich nicht, wegen Mama ...«

»Okay, ich komme gleich zu dir.« Emma schaltete das Handy ab und machte sich im Laufschritt auf den Weg zurück ins Dorf.

Eine Stunde später standen Emma und Tommi wieder vor ihrem Haus und blickten einander ratlos an.

»Otter ist wie vom Erdboden verschluckt.« Sie rieb sich die Hände, die trotz der Handschuhe eiskalt geworden waren. »Aber Papa ist wieder da, vielleicht hat er jetzt eine Idee.«

9. Kapitel

»So ein Unsinn! Der Hund taucht schon wieder auf. Und so schnell verhungert er auch nicht.« Karl schüttelte ungehalten den Kopf über Tommis Ängste. Allerdings warf er selbst einen kurzen Blick zum Fenster. »Es fängt an zu schneiden«, stellte er fest.

»Auch das noch!« Emma kaute auf ihrer Unterlippe. »Papa, ein Hund kann auch erfrieren. Und es ist schon dunkel!«

»Er erfriert nicht!« Mit wütendem Gesicht verließ Karl das Wohnzimmer, und Augenblicke später klappte die Tür zu seinem Büro.

»Er ist so gemein!« Tommi schluchzte. »Ich will Otter wiederhaben!«

»Ich weiß, Schatz.« Andrea nahm ihn in den Arm. »Du kennst doch Papa. Er meint es nicht so.«

»Und was sollen wir jetzt tun?«, fragte Emma, die zum Fenster getreten war und hinausstarrte. Die Flocken fielen dicht an dicht. Der Vorgarten und die Straße waren bereits unter einer dünnen weißen Decke verschwunden.

***

Otter war nach seiner Flucht durch das Gartentor quer durchs Dorf gerannt und hatte dann den Weg eingeschlagen, der zum Wildacker führte. Nach dem ersten Schrecken hatte er diesen umrundet und seine Lieblingsstellen markiert.

Danach hatte er eigentlich umkehren wollen, doch

in seinem Kopf hallte immer wieder die Stimme seines Herrchens: »Ich will dich hier drinnen nicht mehr sehen!«

Ich darf nicht nach Hause, sonst schimpft er. Hat er mich jetzt aus dem Rudel ausgeschlossen?

Otter wusste es nicht und umrundete ein weiteres Mal den Wildacker. Die Angst vor weiterer Schelte hielt ihn davon ab, heim zu laufen. Also schlug er schließlich den Pfad zum Wald ein, den er erst ein- oder zweimal gegangen war. Hier roch es interessant nach anderen Hunden und Tieren, die er nicht kannte.

Schnüffelnd tappte er von Baum zu Baum. Die Fährte eines Hasen beschäftigte ihn eine Zeit lang so sehr, dass er nicht merkte, wie er vom Weg abkam.

Das ist aufregend! Hier gibt es ja so viel zu entdecken.

Otter streunte durch Büsche und Unterholz, schnüffelte hier, buddelte da, fand eine Spitzmaus, die erschrocken vor ihm davonlief.

So entfernte er sich immer weiter vom Wildacker und der Gegend, die ihm vertraut war. Langsam wurde es dämmrig und schließlich dunkel. Otter spürte wieder das Verlangen, nach Hause zu laufen.

Ich soll doch nicht nach Hause! Aber ich will so gerne zu Tommi und Emma. Sie haben ja nicht geschimpft.

Otter blieb stehen und blickte sich um. Er war noch nie mitten in der Nacht im Wald gewesen. Das Knarren der kahlen Äste im Wind klang unheimlich. Irgendwo raschelte es, und plötzlich sah Otter einen riesenhaften schwarzen Schatten vor sich auftauchen.

Aufjaulend und mit eingezogenem Schwanz machte er kehrt und rannte davon. Im nächsten Moment scheute der Hirsch vor dem ungewohnten Laut und flüchtete in die entgegengesetzte Richtung.

Auf einer kleinen Lichtung blieb Otter schließlich stehen. Sein Herz raste vor Aufregung, und erst hier merkte er, dass es zu schneien begonnen hatte. Schnee war lustig, das wusste er. Er schnappte nach ein paar Flocken und spürte dann, dass er durstig war. Und hungrig.

Ich muss nach Hause! Da gibt es was zu fressen.

Er drehte sich um seine eigene Achse, um herauszufinden, in welcher Richtung es nach Hause ging. Mit der Nase am Boden folgte er seiner eigenen Fährte, doch das war gar nicht mehr so einfach, denn der Schnee überdeckte inzwischen an vielen Stellen die Gerüche.

Verwirrt blieb Otter stehen und leckte sich über die Nase, an der ein Schneehäubchen haftete.

Hm, *der Schnee ist wie kaltes Wasser. Ich habe Durst.*

Vorsichtig biss er in die weiße Pracht vor seinen Füßen und schüttelte sich.

Das ist zu kalt!

Dennoch schnappte er ein zweites und drittes Mal zu, bis der erste Durst gestillt war. Der Schnee in seinem Magen führte jedoch dazu, dass Otter zu frieren begann. Wieder schüttelte er sich und lief auf und ab. Ihm fiel ein, dass er ja nach Hause wollte.

Mittlerweile konnte er in dem dichten Schneetreiben kaum mehr etwas erkennen. Die Nase wieder am Boden lief er quer über die Lichtung und wieder in den Wald hinein, jedoch in die falsche Richtung, denn seine Fährte war nun ganz verschwunden und die Dunkelheit hier im Wald beinahe undurchdringlich.

Nach Hause, nach Hause!

Er rannte wieder durch Unterholz und gelangte schließlich zu einem Weg.

Endlich!

Mit großen Sprüngen folgte Otter dem Waldweg, entfernte sich jedoch immer weiter vom Dorf. Als er es bemerkte, war er bereits gute drei Kilometer gelaufen.

Verunsichert sah er sich in dem dunklen Wald um. Hier gab es weit und breit nur hohe kahle Stämme, die unheimlich in den finsteren Himmel ragten. Otter schüttelte sich, um den nassen Schnee abzuschütteln.

Ich mag Wasser, aber der Schnee hier ist viel zu kalt! Ich will mich an der Heizung aufwärmen. Tommi soll mich mit dem Handtuch abrubbeln.

Mit einem leisen Winseln tapste er weiter und blieb plötzlich erschreckt stehen. Neben dem Weg, ein Stück hinter den ersten Baumreihen, war etwas in seinem Blickfeld aufgetaucht. Wieder ein Untier?

Starr wie ein Standbild blickte Otter das dunkle

Etwas an. Nein, das war kein Tier.

Vorsichtig näherte er sich dem Ding und war erleichtert, als er erkannte, um was es sich handelte.

Otter stand vor einem baufälligen alten Jägerunterstand, gerade groß genug für einen Menschen.

Da drinnen schneit es nicht. Vielleicht hört es ja bald auf, wenn ich mich da hineinlege. Ob Tommi und Emma mich dann abholen?

Otter tappte durch die Öffnung zwischen zwei schräg stehenden Balken. Der Unterstand war eng und windschief, das Dach jedoch noch dicht, und zwei quer liegende Bretter bildeten eine kleine Nische, in die er nun hineinkroch. Er rollte sich zusammen und blickte unglücklich durch die Bretter hindurch nach draußen, wo die kalte weiße Decke immer höher wurde. Die Spuren, die er hinterlassen hatte, waren längst zugeschneit.

Ich will hier nicht sein. Aber wie komme ich nach Hause? Nimmt Herrchen mich wieder auf? Ich habe Hunger!

Wieder winselte Otter leise und legte den Kopf auf seine Pfoten.

10. Kapitel

Tommi streckte den Kopf durch die Zimmertür. »Darf ich reinkommen?«

Emma stand am Fenster und starrte wieder auf die Straße. »Klar, komm rein. Er taucht einfach nicht wieder auf.«

»Ich hab Angst.« Tommi zog den Kopf zwischen die Schultern und trat neben seine Schwester. »Bestimmt erfriert er da draußen. Vielleicht ist er schon ...«

»Ach was, so schnell erfriert ein Hund wirklich nicht.« Emma bemühte sich um einen sorglosen Ton, doch so ganz gelang ihr das nicht. »Ausgerechnet dieses Jahr kriegen wir weiße Weihnachten!«

»Ich habe keine Lust auf Weihnachten. Ohne Otter will ich nicht feiern.« Tommi schniefte, blickte jedoch mit trockenen Augen nach draußen.

Plötzlich fiel Licht auf den Vorgarten. Die Haustür hatte sich geöffnet und Emma und Tommi beobachteten, wie ihr Vater nach draußen trat, zur Straße ging und sich umblickte.

»Er sucht nach Otter«, sagte Emma leise, während sie zusah, wie ihr Vater sich die Mütze tiefer ins Gesicht zog und in Richtung Dorfanger stapfte.

»Warum kommt Otter nicht wieder?«, fragte Tommi. »Meinst du, er hat sich verlaufen?«

»Kann ich mir nicht vorstellen.« Emma schüttelte den Kopf. »Hunde finden doch immer wieder nach Hause. Sie folgen einfach ihrer eigenen Fährte.«

»In dem Schnee?« Zweifelnd deutete Tommi mit dem Kinn auf die dicken Flocken, die vom Himmel segelten.

»Ich weiß auch nicht.«

Eine Weile schwiegen sie und hingen ihren Gedanken nach.

Plötzlich sah Tommi zu Emma auf. »Du glaubst auch nicht mehr an den Weihnachtsmann, oder? Ist doch bloß eine Geschichte für Kleinkinder.«

Überrascht blinzelte sie. »Wie kommst du denn jetzt darauf?«

Tommi zuckte verlegen mich den Achseln. »Weiß ich auch nicht. Ich dachte nur, wenn es den Weihnachtsmann wirklich gäbe, könnte der uns vielleicht helfen. Aber es ist ja bloß ein Märchen.«

Emma nickte und sah wieder hinaus. »Oma sagt immer, dass an Weihnachten alles möglich ist. Übermorgen ist Heiligabend.«

»Wenn ich noch an den Weihnachtsmann glauben würde, würde ich alle Wünsche von meinem Wunschzettel streichen und nur noch bitten, dass Otter zurückkommt.«

»Du schreibst noch einen Wunschzettel?«

Tommi biss sich erneut verlegen auf die Lippe. »Nur so aus Spaß. Da gibt es eine Adresse im Internet, das ist angeblich die Webseite vom Weihnachtsmann. Weißt du, da steht, er hätte sich jetzt auch die ganze moderne Technik zugelegt.«

»Aha.« Emma schmunzelte.

»He, lach nicht so! Ist doch nur ein Witz. Dachte, es könnte ja nicht schaden, mal einen Wunschzettel dorthin zu schreiben. Es gibt dafür auf der Seite einen extra Link. Eine Antwort hab ich auch gekriegt.«

»Und was stand da drin?«

Tommi zuckte mit den Schultern. »Ach, nur dass der Weihnachtsmann sich bemüht, alle Wünsche zu erfüllen, und dass man fest daran glauben muss und dass an Weihnachten gar nicht die Geschenke das Wichtigste sind. War aber eine nette E-Mail. Ich hab sie abgespeichert.« Tommi hielt inne und zog die Stirn kraus. »Eigentlich schon komisch. In dem Wunschzettelformular hab ich vergessen, meine E-Mail-Adresse anzugeben. Trotzdem ist die Antwort bei mir angekommen. Und dann stand da auch noch was von vielen Grüßen an meine Schwester, dabei habe ich gar nichts von dir geschrieben.«

Erstaunt sah Emma ihn von der Seite an. »Kannst du mir die E-Mail mal zeigen?«

Gemeinsam gingen sie in Tommis Zimmer und schalteten den alten PC ein, den Karl vor einiger Zeit ausrangiert hatte. Tommi öffnete sein E-Mail-Programm und klickte dann auf die Mail, in deren Absender *Der Weihnachtsmann* stand.

Emma überflog die Zeilen und spürte mit einem Mal ein leichtes Schaudern. Eine Gänsehaut breitete sich über ihren Rücken aus.

»Komisch ist das schon. Aber wer weiß, wie die an solche Informationen kommen. Da muss man echt aufpassen. Andererseits ...« Sie zuckte mit den Schultern und wunderte sich gleichzeitig über ihren Einfall. »Schaden kann es ja nicht, wenn wir da noch mal hinschreiben, was meinst du? Kann ja wohl nichts Schlimmes passieren.«

Tommi nickte und rief die Internetseite des Weihnachtsmannes auf. Er klickte auf das Wunschzettel-Formular und sah seine Schwester dann fragend an. »Was sollen wir denn schreiben?«

11. Kapitel

Der erste Tag der Weihnachtsferien begann mit einem sehr frühen Frühstück. Weder Emma noch Tommi hatten es lange in ihren Betten ausgehalten. Karl war erst spät am Abend von seiner Suche nach Hause gekommen, und Andrea hatte beinahe die ganze Nacht in der Küche verbracht und gehofft, dass Otter doch noch auftauchen würde. Entsprechend übernächtigt wirkte sie.

»Wenn wir ihn nicht bald finden, müssen wir im Tierheim Bescheid geben«, meinte sie und starrte in ihren Kaffeebecher.

»Sollen wir nicht gleich noch mal losgehen?«, fragte Tommi. »Oder wir hängen überall Plakate auf mit seinem Bild. Papa, kannst du nicht solche Plakate am Computer machen?«

Karl nickte düster. »Unglaublich, was wir mit diesem Hund für Ärger haben.«

»Also Papa!« Empört starrte Emma ihn an. »Das ist ja wohl nicht wahr! Du hast ihn doch rausgeworfen! Wenn du dich nicht immer gleich so aufregen würdest, wäre das alles gar nicht passiert. Wie kannst du bloß Otter die Schuld geben? Er ist doch ein Hund!«

Andrea rieb sich über die dunkel geränderten Augen. »Da hat Emma nicht ganz Unrecht, Karl. Otter ist nur ein Hund, wir können von ihm keinen Verstand erwarten. Vielleicht haben wir in letzter Zeit ein bisschen überreagiert.«

»Ein bisschen?«, quiekte Tommi.

Emma warf ihm einen kurzen Blick zu. »Stimmt, ein bisschen ist echt untertrieben. Ihr habt ständig auf Otter herumgehackt. Dabei ist er so ein toller Hund. Gut, er macht viel dreckig, doch das würde ein anderer Hund bestimmt auch. Das haben uns die Leute im Tierheim doch schon gesagt. Und ich finde es auch gar nicht so schlimm. Aber ihr wolltet das von Anfang an nicht akzeptieren. Ich verstehe nicht, warum ihr euch überhaupt für einen Hund entschieden habt. Ihr hättet besser einen Goldfisch genommen!« Geräuschvoll stellte Emma ihr Saftglas auf dem Tisch ab. Sie hatte sich jetzt so richtig in Fahrt geredet. »Ihr predigt uns doch ständig, wir sollen jeden Menschen so nehmen, wie er ist, und tolerant sein. Und was ist mit euch? Oder gilt das vielleicht nicht für Hunde? Otter hat auch ein Recht darauf!«

»Emma, mäßige bitte deine Stimme.« Andrea legte ihrer Tochter eine Hand auf den Arm. »Und vielleicht hast du ja sogar ...«

»Schaut mich nicht so anklagend an!«, unterbrach Karl. »Ich sehe schon, jetzt geht es wieder gegen mich. Aber ob ihr es glaubt oder nicht, ich habe den Hund nicht vor die Tür gesetzt, damit er wegläuft.«

»Otter — er heißt Otter!«, protestierte Tommi.

Karl warf ihm einen ungehaltenen Blick zu. »Das weiß ich selbst, verdammt!«

»Warum hast du ihn denn überhaupt aus dem Haus geworfen?«, rief Andrea. »Dir hätte doch klar sein müssen, dass das überhaupt nichts bringt. Woher soll der Hund – Otter – denn wissen, wofür er damit bestraft wird? Wahrscheinlich hast du ihm so viel Angst eingejagt, dass er nur noch flüchten wollte. Das Gartentor war doch vorher schon mal offen, und er ist nicht gleich ausgebüxt.«

»Jetzt fang du auch noch an!« Karl war ganz weiß im Gesicht geworden. »Wie soll man ihm den sonst beikommen?«

»Auf jeden Fall nicht so. Und so wie ich es verstanden habe, hat er ja auch nicht absichtlich den Weihnachtsbaum umgeworfen.« Nun wurde Andrea mit jedem Wort lauter. »Wenn ich so darüber nachdenke, hat Emma wirklich Recht. Wenn wir Otter behalten wollen, müssen wir uns auch mit seinen kleinen Fehlern arrangieren. Die ganze Aufregung führt doch zu nichts.«

»Jetzt darf ich mich nicht einmal mehr aufregen, was?«, blaffte Karl. »Meine Idee war der Hund – ja, ja, Otter – jedenfalls nicht.«

»Ach, hör doch auf! Deine Eltern haben auch schon immer Hunde gehalten. Machen die etwa nie Ärger? Denk doch bitte mal an deine Kindheit zurück!« Andrea ärgerte sich. »Aber dir ist derzeit anscheinend nicht zu helfen. Bist du vielleicht auch noch froh, dass Otter weg ist?«

»Das darf ja wohl nicht wahr sein!« Entgeistert schüttelte Karl den Kopf. »Ich kann kaum glauben, was mir hier vorgeworfen wird! So einen Unsinn höre ich mir nicht einen Augenblick länger an!« Er stand auf, griff nach seinem Kaffeebecher und verließ die Küche. Kurz darauf fiel die Bürotür ins Schloss.

Andrea stützte den Kopf in beide Hände. »Das hätte jetzt nicht sein müssen. Im Streit wird man immer gleich so ungerecht. Ich glaube, wir sind alle ein wenig überreizt.« Sie hob den Kopf wieder. »Komm, Tommi, wir ziehen uns an und gehen noch mal auf die Suche nach Otter.«

Tommi, der dem Streit mit eingezogenem Kopf gefolgt war, sprang erleichtert auf und rannte in den Flur, um seinen Anorak zu holen.

»Emma, geh bitte zu deinem Vater und hilf ihm mit dem Plakat.«

»Was für ein Plakat?«

Andrea seufzte. »Das Plakat, an dem er seit heute früh um halb fünf herumbastelt. Druckt einen Stapel davon aus und hängt sie überall im Umkreis auf.«

»Er hat schon ein Plakat entworfen?« Emmas Augen wurden kugelrund. »Warum war er denn dann eben noch immer so gemein?«

Andrea seufzte. »Emma, Kind, er hat ein schlechtes Gewissen.«

»Mama?«, rief Tommi aus dem Flur.

»Ja, ja, ich komme schon.« Wieder strich Andrea ihrer Tochter über den Arm. »Du hattest wirklich Recht. Dein Vater weiß das auch.«

Damit stand auch sie vom Frühstückstisch auf. Emma räumte die kaum berührte Wurst- und Käseplatte zurück in den Kühlschrank, stellte die Marmeladengläser an ihren Platz zurück und trug dann das fast unbenutzte Geschirr ab. Dabei dachte sie über die Worte ihrer Mutter nach. Als die Küche schließlich aufgeräumt war, ging sie hinüber zur Bürotür, klopfte leise an und streckte den Kopf in das Zimmer.

»Komm rein, Emma!« Karl winkte sie zu sich. »Schau mal, ist dieses Bild hier in Ordnung oder kann man Otter auf dem anderen besser erkennen?«

12. Kapitel

Als Otter am frühen Morgen aus seinem Erschöpfungsschlaf erwachte, war er beinahe eingeschneit. Trotz der hohen Bäume ringsum hatte sich der Schnee in hohen Verwehungen um den alten Jägerunterstand aufgetürmt.

Zunächst war Otter verwirrt und wusste nicht, wo er sich befand, bis ihm plötzlich alles wieder einfiel.

Ich bin weggelaufen. Herrchen war sehr böse. Ich habe Hunger und Durst und es ist kalt. Ich muss jetzt nach Hause.

Entschlossen kroch Otter unter den schützenden Brettern hervor und tappte zwischen zwei Schneewehen hinaus Richtung Waldweg.

Doch wie merkwürdig und fremd die Welt um ihn herum aussah! Alles war tief verschneit, der Weg fast nicht mehr zu erkennen. Bei jedem Schritt sank Otter weit in die weißkalte Decke ein.

Wo gibt es denn hier was zu fressen? Und wie soll ich nach Hause kommen? Ich kann ja kaum laufen, das ist anstrengend!

Otter machte mehrere große Sätze, um aus einem Schneeberg herauszukommen, und landete schließlich auf dem Pfad, auf dem er am Vorabend gelaufen war. Hier war die Schneedecke dünner, und er lief sofort in die Richtung, von der er glaubte, gestern gekommen zu sein. Alle Spuren und Gerüche waren überdeckt, dennoch hatte er instinktiv den richtigen Weg eingeschlagen.

Jetzt muss ich aber wirklich bald zu Hause sein.

Mein Magen knurrt schon ganz arg.

Er begann zu rennen, doch ganz plötzlich hielt er an und hob die Nase in den Wind. Ein seltsamer neuer Geruch schlug ihm entgegen.

Was ist das denn?

Jetzt hörte er auch lautes Atmen und Schnaufen und dumpf polternde Schritte wie von vielen Füßen gleichzeitig – Augenblicke später kreuzte eine Rotte Wildschweine seinen Weg.

Als sie ihn sahen, rannten sie noch schneller als zuvor. Eine Sau jedoch, um einiges größer und schwerer als Otter, blieb mitten auf den Weg stehen und starrte ihn feindselig an.

Erschrocken machte Otter ein paar Schritte rückwärts.

Was ist das denn für ein Tier?

Die Sau kam ein, zwei Schritte auf ihn zu und stieß eine Art Schnauben oder Grunzen aus. Otter zog den Schwanz ein.

Ich tu dir nichts, wenn du mir auch nichts tust!

Er fegte um seine eigene Achse und stob davon.

Die Sau senkte den Kopf zu Boden, schob mit ihrer Nase den Schnee auf dem Weg beiseite, wandte sich dann um und lief gemächlich den anderen Wildschweinen hinterher.

Nach einigen hundert Metern blieb Otter stehen und blickte sich um. Er war wieder ganz allein weit und breit. Entmutigt und beschämt über seine Angst ging er seinen Spuren nach, bis er wieder vor seinem Unterschlupf stand.

Ich muss einen anderen Weg nehmen. Aber viel-

leicht ist es besser, *ich warte, bis Tommi und Emma mich abholen. Bestimmt holen sie mich ab.*

Er schob sich wieder zwischen die Bretter und legte sich in die Mulde, die er hinterlassen hatte.

Hier ist es nicht so kalt wie draußen. Aber lange will ich nicht mehr hierbleiben.

13. Kapitel

»Hey, Emma, was machst du denn da?«

Emma, die gerade eines der Plakate an die Litfaßsäule neben dem Bushaltehäuschen klebte, drehte sich um und sah sich Stefan gegenüber. Er war in einen dicken Mantel gehüllt und hatte sich einen Schal beinahe bis über die Ohren um den Hals geschlungen.

Neugierig trat er näher an das Plakat heran und schob den Schal ein wenig nach unten, um besser sprechen zu können. »Ist euch Otter weggelaufen? Wie konnte das denn passieren?«

Unwillkürlich machte sie einen Schritt zur Seite, weil Stefan ihr so nahe gekommen war. Warum sie das nervös machte, konnte sie sich nicht erklären. »Na gestern! Du weißt doch, was bei uns los war. Papa hat ihn rausgeworfen, und da ist er weggelaufen.«

Stefan machte ein besorgtes Gesicht. »Stimmt, als ich rausging, war das Gartentor offen. Ich hab mir gar nichts dabei gedacht.« Er hielt kurz inne. »*O* je, und er ist die ganze Nacht nicht zurückgekommen? Das ist wirklich übel.«

Emma nickte unglücklich. »Wir wissen auch nicht mehr weiter. Niemand will ihn gesehen haben, und dann hat es auch noch so stark geschneit! Wer weiß, wo er hingelaufen ist. Vielleicht findet er jetzt nicht mehr nach Hause, oder er traut sich nicht, weil mein Vater so gemein zu ihm war. Vielleicht erfriert er sogar!« Sie wandte sich ab und presste die Lippen zusammen. Auf gar keinen Fall wollte sie jetzt losheulen! Bestimmt hielt Stefan sie dann für ein hysterisches Kleinkind. Doch die ersten Tränen brannten bereits heiß in ihren Augen, und sie musste sich sehr anstrengen, sie zurückzuhalten.

»Hey, komm schon.« Stefan fasste sie am Arm und drehte sie zu sich herum. »Das wird schon wieder.«

Sie schüttelte den Kopf und hielt ihren Blick fest auf den Boden gerichtet. »Ich muss weiter, noch mehr Plakate aufhängen«, brachte sie mühsam hervor.

Stefans Hand lag noch immer auf ihrem Arm.

»Soll ich dir dabei helfen?« Er lächelte, als sie nun doch den Kopf hob. »Ich wollte zwar eigentlich mit dem nächsten Bus in die Stadt fahren und noch ein paar Weihnachtsgeschenke kaufen, aber das kann ich später auch noch.«

»Fährst du nicht mit dem Roller?«

»Nee, nicht bei dem Wetter. Die Straßen sind noch gar nicht alle geräumt. Also was ist, soll ich dir helfen?«

»Das ... brauchst du nicht. Die paar Plakate kann ich auch allein aufhängen. Ist ja keine schwere Arbeit. Und ich möchte nicht, dass u meinetwegen ...« Sie hatte wieder Richtung Boden gesprochen.

»Emma!«

Überrascht über seinen veränderten Tonfall blickte sie ihm wieder ins Gesicht. Er wirkte verdrossen und ein wenig wütend. »Ich habe doch gesagt, es macht mir nichts aus. Ich würde dir gerne helfen, und wenn es nur moralischer Beistand ist. Mensch, ich kann mir doch vorstellen, wie schlimm das für euch ist! Als ich klein war, ist meine Katze auf Nimmerwiedersehen verschwunden.« Sein Griff an ihrem Arm verstärkte sich kurz, dann ließ er ganz plötzlich los. »Aber es ist natürlich was anderes, wenn du mich absolut nicht dabei haben willst. Ich will dir bestimmt nicht auf die Nerven gehen.«

»Du gehst mir nicht auf die Nerven«, sagte Emma leise.

Doch, dachte sie gleichzeitig überrascht, das tust du. Nur nicht so, wie du glaubst ...

»Versteh mich nicht falsch, Stefan. Ich will dich nicht loswerden. Es ist nur ...«

»Was?« Abwartend sah er sie an und hielt ihren Blick gefangen, bis sie spürte, dass ihre Wangen ganz heiß wurden. Ihr Herz vollführte mittlerweile einen Trommelwirbel in ihrer Brust, dass sie beinahe keine Luft mehr bekam.

»Ich weiß nicht.«

Er schwieg weiter, doch sein Blick machte sie immer kribbeliger.

»Du machst mich nervös«, gab sie schließlich zu.

Einen Moment lang wirkte Stefan überrascht, doch dann stahl sich ein Lächeln auf seine Lippen und wanderte hinauf bis zu seinen Augen. »Das ...«, er hob die Hand wieder und legte sie vorsichtig an ihre Wange. Die Wolle seiner Handschuhe fühlte sich weich und rau zugleich an. »... ist interessant. Du machst mich nämlich auch nervös, weißt du. Vielleicht ...« Mit der anderen Hand zog er sie sanft zu sich heran und ließ sie dabei keinen Moment aus den Augen.

Emmas Herz holperte und raste dann weiter. Sie wusste, dass man das Pochen inzwischen an ihrer Halsschlagader sehen musste. Ihre Wangen brannten, als sei alles Blut aus ihrem Körper geradewegs in ihren Kopf geschossen.

»Guten Morgen, ihr beiden. Ein bisschen früh für ein Stelldichein, oder? Ist euch hier draußen nicht zu kalt?«

Sie fuhren erschrocken herum und sahen sich Frau Reimbold und ihrer Katze, wie immer mit Geschirr und Leine, gegenüber. Die alte Dame lächelte freundlich.

»Wir, äh ...« Emma sah unsicher zu Stefan auf.

Er grinste Frau Reimbold an. »Kalt ist uns eigentlich nicht, nein. Geht es Ihnen und Ihrer Katze gut?«

Frau Reimbold zwinkerte ihm zu. »Nein, kalt ist euch bestimmt nicht, das sehe ich. Und danke der Nachfrage, uns geht es ausgezeichnet. Aber jetzt müssen wir auch weiter. Falls wir uns nicht mehr sehen, wünsche ich euch und euren Familien ein gesegnetes Weihnachtsfest.«

»Ihnen ebenso«, antwortete Stefan und sah ihr einen Moment lang nach, bis die alte Dame außer Hörweite war. Dann wandte er sich wieder Emma zu und schmunzelte. »Nicht sehr romantisch, was?«

Sie stieß die Luft aus und konnte endlich wieder etwas befreiter atmen. »Nicht sehr«, bestätigte sie und schaffte sogar ebenfalls ein kleines Lächeln. Als er ihre Hand nahm, jagte ihr Puls jedoch gleich wieder los.

»Meinst du, dein Bruder findet mich immer noch cool, wenn ich das hier mache?« Er zog Emma wieder an sich, und noch ehe sie überrascht nach Luft schnappen konnte, lagen seine Lippen sanft auf ihren. Ihr wurde noch heißer, und fast meinte sie, ihr eben noch wie wild schlagendes Herz habe für einen Moment ausgesetzt.

Im nächsten Moment registrierte sie jedoch enttäuscht, wie sich Stefan rasch wieder zurückzog und ihr prüfend ins Gesicht sah.

Sie war mittlerweile ganz außer Atem und strich sich hastig eine Haarsträhne, die sich aus ihrem wollenen Stirnband gelöst hatte, aus dem Gesicht. Seinem Blick wich sie jedoch nicht aus, auch wenn sie befürchtete, jeden Moment den Verstand zu verlieren. So etwas hatte sie noch nie erlebt.

»Ich weiß es nicht«, antwortete sie schließlich atemlos. »Aber mich findet er ja auch nicht cool, also wird ihn das hier auch nicht schockieren ...« Sie trat nun ihrerseits auf Stefan zu und küsste ihn. Dann spürte sie voll Freude, wie er die Arme um ihre Taille legte. Lediglich die dick wattierten Jacken dämpften die Berührung ein wenig.

Auch Stefan atmete befreit auf. »Dann wird er sich bestimmt bald daran gewöhnen, oder?«

Emma nickte. »Ich hoffe es.«

Sie lächelten einander glücklich an, bis Emma wieder einfiel, weshalb sie überhaupt hier standen.

Ihr Gesicht verfinsterte sich, und sie blickte zum Bushaltehäuschen, auf dessen Bank sie die Plakate abgelegt hatte. Der Wind hatte einige von ihnen zu Boden geweht.

Stefan drückte sie noch einmal kurz an sich, dann ließ er sie los und hob die Blätter auf. »Komm, wir hängen die Plakate jetzt auf und überlegen dann zusammen, wo wir noch nach Otter suchen können.«

»Wir waren doch schon überall, Tommi und ich. Und mein Vater ist sogar noch heute Nacht losgegangen. Otter ist wie vom Erdboden verschluckt!«

»Habt ihr schon mal beim Tierheim angerufen? Vielleicht hat ihn jemand eingefangen und dorthin gebracht.«

Emma schüttelte den Kopf. »Die hätten sich dann schon bei uns gemeldet. Otter ist doch nur zur Probe bei uns. Die hätten schön gemeckert, wenn er so wieder bei ihnen aufgetaucht wäre. Und er hat doch auch so eine Kapsel am Halsband, in der unsere Adresse steckt.«

Gemeinsam zogen sie los und hängten die Plakate an Straßenlaternen und einer Plakatwand auf. Danach gingen sie zu Emmas Haus, wo sie gleichzeitig mit Tommi und Andrea ankamen, die mit dem Auto unterwegs gewesen waren.

Tommi sprang aus dem Golf und rannte auf die beiden zu. »Sind die Plakate alle draußen? Mama und ich haben nichts ...« Er hielt inne und beäugte die beiden argwöhnisch.

Stefan hatte Emmas Hand genommen.

»Wieso haltet ihr Händchen?« Tommi verzog das Gesicht. »Seid ihr jetzt etwa zusammen?«

Emma blickte kurz zu Stefan auf, der ihr rasch zublinzelte. »Sieht so aus, Tommi. Ist das schlimm?«

»Naaa ja.« Tommi schüttelte sich demonstrativ, um zu zeigen, dass er nicht viel davon hielt. »Du bist immer noch besser als dieser Andy oder der Typ von gestern.« Damit wandte er sich ab und rannte zur Haustür.

»Da hab ich ja noch mal Glück gehabt.« Stefan lächelte.

Inzwischen war auch Andrea aus dem Golf ausgestiegen. Sie ging auf Stefan zu und streckte ihm die Hand hin. »Hallo. Wie ich sehe, haben wir Verstärkung bei unserer Suche bekommen?«

Stefan nickte und schüttelte ihre Hand.

»Lass mich raten«, meinte sie und blickte zwischen ihm und Emma hin und her. »Du bist bestimmt Stefan, nicht wahr? Ich habe dich schon mal im Ort gesehen. Seid ihr nicht erst vor kurzem hergezogen?«

»Sind wir. Wir haben vorher in der Stadt, gleich neben dem Gymnasium, gewohnt. Meine Eltern haben vor einem halben Jahr ein Haus hier im Ort gekauft.«

»Schön.« Andrea deutete zum Haus. »Dann kommt mal rein, ihr beiden. Ich mache Kaffee und heißen Kakao zum Aufwärmen.« Besorgt blickte sie zum Himmel. »O je, es sieht schon wieder nach Schnee aus. Langsam mache ich mir wirklich Sorgen um Otter.«

14. Kapitel

Sie saßen alle in der Küche bei Kaffee, Kakao und selbst gebackenen Plätzchen und berieten, wie die Suche weitergehen sollte, als Karl ebenfalls zurückkehrte. Er hatte einen letzten Kundenbesuch vor seinem Weihnachtsurlaub gemacht und war auf dem Rückweg mit dem Jeep noch einmal rund ums Dorf gefahren.

Nun betrat er die Küche und zog sich rasch einen Stuhl heran.

»Hm, Kaffee, sehr gut. Es ist verdammt kalt draußen«, sagte er und bemerkte erst jetzt Stefan, der neben Emma saß und ihr gerade etwas zuflüsterte.

Andrea lächelte. »Karl, das ist Stefan, Emmas Freund. Ich glaube, ihr habt euch gestern schon kurz kennengelernt.«

»Ach, sieh mal an.« Karl musterte Stefan sehr aufmerksam, dann streckte er ihm seine Hand quer über den Tisch entgegen. »Hab ich das gestern doch richtig mitbekommen.«

Sie schüttelten einander kurz die Hände, und Karl blinzelte Emma zu. »Gute Wahl, junge Dame. Ich hatte schon so meine Befürchtungen, als gestern Nachmittag dieser - wie hieß er noch gleich? - vor der Tür stand.«

»Papa!« rief Emma entrüstet und spürte schon wieder die Röte in ihr Gesicht steigen.

Stefan stieß sie scherzhaft in die Seite. »Hey, da ist was Wahres dran. Ich hatte da, ehrlich gesagt, auch so meine Befürchtungen.«

Emma starrte ihn an, wie er sie fröhlich angrinste und ihr ebenfalls zublinzelte. Sein glückliches Gesicht brachte sie jedoch auch wieder zum Lächeln.

Karl hüstelte, und Andrea meinte: »Ich sehe schon, da hättet ihr euch keine Gedanken zu machen brauchen. Aber wir sollten uns jetzt wieder auf unser Problem konzentrieren.« Sie sah zum Fenster und verzog besorgt das Gesicht. »Herrje, es schneit schon wieder! Und wie! Bei dem Wetter macht es kaum Sinn, nach draußen zu gehen.«

»Aber wir müssen Otter finden!«, protestierte Tommi und warf ein angebissenes Plätzchen zurück auf seinen Teller. »Wir können doch nicht hier drinnen sitzen und warten, bis er erfriert!«

Betreten sahen sich alle an.

»Tommi, bestimmt hat Otter ein Plätzchen gefunden, wo er vor dem Wetter geschützt ist«, versuchte Andrea ihn zu trösten, jedoch ohne Erfolg.

»Woher willst du das wissen? Außerdem hat er bestimmt Hunger und ... Ich will ihn jetzt sofort weiter suchen!«

Tommis Stimme zitterte, und in seinen Augen glänzten die Tränen.

Stefan sah nun ebenfalls zum Fenster hinaus und nickte dann. »Okay, wenn du darfst, gehen wir noch mal los. Aber wir müssen uns warm einpacken, Tommi. Emma, kommst du auch mit? Sechs Augen sehen mehr als vier.«

»Klar!« Sie sprang auf und holte ihren Mantel. »Irgendwo muss Otter doch sein. Vielleicht sollten wir noch mal im Wald suchen.«

»Das habe ich mir auch überlegt«, stimmte Stefan zu, während er sich seinen Schal wieder um den Hals wickelte.

»Bleibt aber nicht zu lange draußen, sonst verkühlt ihr euch noch! Und denkt an die Holzdiebe. Ich will nicht, dass ihr in Schwierigkeiten geratet. Wenn ihr jemandem begegnet, den ihr nicht kennt, macht einen Bogen um ihn!«, mahnte Andrea.

Emma nickte. »Wenn wir wirklich diese Typen sehen, rufen wir per Handy die Polizei. Aber bei dem Wetter sind die bestimmt nicht unterwegs.«

Besorgt erhob Andrea sich und zog sich dann auch einen Mantel über. »Ich gehe gleich noch mal zum Dorfplatz. Karl, bleibst du beim Telefon, falls sich jemand auf die Plakate hin meldet?«

»Ja, ja, keine Sorge.« Karl goss sich noch eine Tasse Kaffee ein und trug sie hinüber ins Wohnzimmer.

»Also, dann lasst uns mal losgehen«, meinte Stefan. Er ergriff wieder Emmas Hand und drückte sie leicht.

Tommi, der schon bei der Tür war, drehte sich kurz um und betrachtete die beiden streng. »Aber nur, wenn ihr nicht dauernd herumknutscht.«

»Schon gut!« Stefan lachte. »Damit warten wir, bis wir wieder zurück sind.«

Tommi rannte zufrieden hinaus.

Stefan sah ihm kurz nach, dann wandte er sich Emma zu und küsste sie rasch. »Kleiner Vorschuss«, sagte er zwinkernd. »Hat er ja nicht gesehen.«

Hinter ihnen hüstelte Karl vernehmlich, dann klappte die Wohnzimmertür.

Emma nickte und folgte Stefan hinaus auf die Straße.

Sie gingen bis zum Waldrand. Dicht trieben die Flocken umher, die Schneedecke war bereits auf Wadenhöhe angewachsen. Nach einigen Überlegungen wählten sie den breitesten der drei Wege, die in den Wald hineinführten.

Wieder und wieder riefen sie nach Otter und lauschten, doch weit und breit war nichts zu hören als das leise Knarren der kahlen Aste im Wind und das Knirschen ihrer Schritte im Schnee.

15. Kapitel

Eine Weile hielt Otter es noch in seinem Unterschlupf aus, dann wurde es ihm zu ungemütlich, und er kroch wieder auf den Weg. Seine Glieder waren vor Kälte schon ganz steif geworden, obwohl der Schnee rings um den Unterstand die schlimmste Kälte abhielt.

Ungelenk stakste er durch das weiße Nass, erleichterte seine Blase an einem Baumstamm und schnüffelte dann an seinen bereits leicht verwehten Pfotenspuren herum. Auf diese Weise lief er erneut den Weg vom Morgen bis zu der Stelle, an der ihm die Wildschweine begegnet waren. Unsicher blieb er stehen. Der Schreck über die unheimliche Begegnung steckte ihm noch in den Gliedern.

Zwar war weit und breit kein Wildschwein, ja nicht einmal ein Hase oder ein Vogel zu sehen oder zu hören, doch Otter zögerte trotzdem weiter zu gehen.

Er wusste instinktiv, dass er den Weg nach Haus hätte finden müssen, aber die Ereignisse der letzten beiden Tage hatten ihn sehr verunsichert. Er war nur wenig älter als ein Jahr, und die Erfahrung, ganz allein und menschenverlassen an einem fremden Ort zu sein, hatte er noch nie gemacht.

Ich kann hier nicht bleiben. Meine Menschen sollen mich endlich holen.

Mit einem leisen Winseln tappte er noch eine Weile umher, dann machte er kehrt und trottete zurück in die Richtung, aus der er gekommen war.

Es fing wieder an zu schneien. Die eisigen Flocken legten sich dicht und unangenehm auf sein Fell, und er musste sich immer wieder schütteln, um zu verhindern, dass sie auch den dichteren Unterpelz durchnässten.

Das ist anstrengend, und ich habe solchen Hunger! Warum holt mich denn niemand?

Wieder winselte er unglücklich und blieb mit hängender Rute mitten auf dem Weg stehen.

Plötzlich hob er jedoch den Kopf und spitzte die Ohren.

Was ist das? Sind das Menschen? Kommen Emma und Tommi und holen mich endlich?

Er lauschte, doch nun war nichts mehr zu hören. Verzagt ließ er den Kopf hängen, doch im nächsten Moment hob er ihn wieder.

Da klingelt doch etwas! So ein Geräusch machen doch nur Menschen.

Aufmerksam lauschend machte er ein paar Schritte vorwärts. Das Klingeln war weit entfernt. Er begann zu rennen, so schnell er konnte, und bellte mehrmals in der Hoffnung, damit auf sich aufmerksam zu machen.

Er rannte den Weg zurück, bis er wieder an dem Unterstand ankam. Unsicher blieb er stehen und lauschte erneut. Zunächst blieb alles still, doch dann hörte er aus der Ferne Motorengeräusche näher kommen. Otter spitzte die Ohren und rannte los, quer durch das Unterholz, immer den Geräuschen nach. Er gelangte an einen schmalen Pfad, auf dem mehrere Paar Stiefel Spuren hinterlassen hatten. Aufgeregt schnüffelte er daran und heulte freudig auf.

Das sind Menschen. Die helfen mir und bringen mich nach Hause!

Plötzlich hörte er auch einen Ruf, dann die Stimmen von mehreren Männern. Es konnte nicht mehr weit sein.

Hinter einer Biegung sah er sie schließlich: Drei in dicke Jacken gekleidete Männer, die sich neben einem kleinen LKW an einem Polder Holz zu schaffen machten.

Otter lief näher und bellte, doch im gleichen Moment heulte eine Kettensäge auf, sodass die Männer nicht auf ihn aufmerksam wurden.

»Mach schnell, Gero!«, rief einer der Männer seinem Kumpel mit der Säge zu. »Das Ding macht einen Höllenlärm. Nicht, dass uns noch jemand hört!«

Die Kettensäge verstummte. »Ach was, Manni, das merkt doch keiner. Um die Zeit und bei dem Wetter ist doch kein Mensch unterwegs. Außerdem bin ich gleich fertig. Muss nur noch ...«

Was er noch musste, ging im erneuten Kreischen der Säge unter.

Otter legte die Ohren flach an den Kopf. Solchen Lärm mochte er gar nicht. Dennoch lief er immer näher an die Männer heran, und als die Säge endlich wieder verstummte, bellte er freundlich und wedelte heftig mit seiner Rute.

Hallo! Könnt ihr mich nach Hause bringen? Bestimmt kennt ihr den Weg.

»Verdammt noch mal, wo kommt der Köter denn plötzlich her?«, rief der dritte Mann erschrocken und sah sich um. Auch die anderen blickten alarmiert in alle Richtungen.

Otter kam noch näher und umtänzelte sie aufgeregt.

Los, helft mir!

»Verdammtes Mistvieh, hau ab!« Gero wedelte mit der freien Hand herum und hätte beinahe die Motorsäge fallen lassen.

Vor Schreck legte Otter die Ohren an.

Hey, was ist denn? Ich will doch nur nach Hause!

»Ja, verschwinde, blöder Köter! Nicht, dass du uns noch die Bullen auf den Hals hetzt!« Manni ging drohend auf Otter zu und trat in seine Richtung, wirbelte jedoch nur etwas Schnee auf.

Was soll das? Das gefällt mir nicht.

Mit noch immer angelegten Ohren knurrte Otter warnend.

Noch einmal trat Manni nach ihm. »Weg! Verschwinde, Mistköter!«

Erschrocken und erbost fletschte Otter die Zähne.

So nicht!

»Nun verjag' ihn schon, Manni!«, rief der dritte Mann ungehalten. »Wenn der Besitzer hier auftaucht, haben wir ein Problem.«

»Der Köter haut aber nicht ab«, sagte Manni. »Scheint bösartig zu sein. An den geh ich nicht ran.«

»So ein Quatsch!« Gero legte die Säge auf den Holzpolder. »Gib mir mal das Brecheisen. Dem zeig ich schon, wer der Herr ist!«

»Willst du ihn etwa erschlagen?« Manni sah ihn nun doch leicht entsetzt an.

»Warum nicht? Hat doch nichts hier zu suchen.« Gero bückte sich und packte einen Ast, der neben dem Pfad lag. Damit ging er auf Otter zu, der wieder drohend knurrte.

»Los, hau ab, du Töle!« Gero fuchtelte mit dem Ast vor Otters Kopf herum und traf ihn an der Nase.

Mit einem wütenden Bellen zuckte Otter zurück, dann schoss er vor und schnappte nach dem Mann. Er erwischte ihn an der Hand und schmeckte Blut. Über sich selbst erschrocken stob Otter ein paar Meter zurück und bellte aufgeregt.

»Mist, verdammter! Der Köter hat mich gebissen!«

»O Mann, ihr werdet doch wohl mit einem Hund fertig werden!« Der dritte Mann bückte sich ebenfalls und hob einen Stein auf, zielte und warf.

Der Stein traf Otter an der Seite. Er jaulte auf und rannte los.

Warum macht ihr das? Ich tu euch doch nichts? Ich wollte auch nicht beißen! Aber der Ast hat so wehgetan.

Wieder flog ein Stein, der nur wenig an seinem Kopf vorbeizischte.

Otter zog den Schwanz ein und hetzte den Weg zurück, den er gekommen war. Er folgte den Spuren bis zu dem Jägerunterstand.

Der Schnee, der bisher nur leicht geriesel war, fiel immer dichter, sodass selbst die hohen, dichten

Tannenwipfel keinen Schutz mehr boten. Auch hatten sich die Flocken jetzt verändert. Sie waren nicht mehr groß und bauschig, sondern wie eisiges Pulver. Otter vernahm das leise Knistern in der Luft und schüttelte sich erneut. Sein Herz pochte heftig nach dieser schrecklichen Begegnung.

Die Menschen sind böse, warum werfen sie mit Steinen? Allein kann ich den Weg nach Hause nicht finden; lieber verstecke ich mich hier vor dem Schnee.

Otter krabbelte wieder in seinen Unterschlupf und rollte sich dort fest zusammen. In ihm stieg eine tiefe Traurigkeit auf. Seine Menschen waren so weit weg, und er vermisste sie.

Die Nase fest auf die Vorderpfoten gedrückt, lauschte er dem Rieseln des Schnees und stieß dabei immer wieder ein leises, sehnsüchtiges Winseln aus.

16. Kapitel

»Das hat keinen Sinn, wir müssen umkehren, Tommi. Es ist ja schon fast dunkel, und so weit in den Wald kann Otter unmöglich gelaufen sein«, meinte Stefan nach beinahe dreistündiger Suche. »Außerdem werden wir noch alle krank, wenn wir uns nicht langsam wieder aufwärmen.«

»Aber irgendwo muss Otter doch sein!« Tommis Stimme klang hoffnungsvoll, doch seine Miene drückte inzwischen nur noch Enttäuschung aus. »Wir müssen ihn finden!«

»Du hast ja Recht, aber das hier bringt wirklich nichts mehr«, befand nun auch Emma und rieb die Fingerspitzen aneinander, die trotz der Handschuhe taub vor Kälte geworden waren. »Lass uns nach Hause gehen und uns was anderes überlegen. Vielleicht hat ihn ja auch tatsächlich jemand gefunden und mitgenommen. Bestimmt sogar, sonst hätten wir ihn doch längst finden müssen.«

»Ich will aber nicht nach Hause gehen!« Tommi verschränkte eigensinnig die Arme vor dem Körper.

»Komm schon, wir haben doch nicht mal Taschenlampen dabei«, sagte Stefan. »Gleich können wir überhaupt nichts mehr sehen. Und es schneit noch immer. Los, komm mit uns nach Hause!«

Tommi protestierte wieder, doch auch er sah ein, dass die Suche unter diesen Umständen keinen Sinn mehr hatte.

»Und wenn wir zu Hause Taschenlampen holen?«, warf er ein.

»Lass uns erstmal aufwärmen, dann sehen wir weiter, ja!« Emma zog sich ihren Schal fester ums Gesicht und schauderte.

Stefan legte ihr den Arm um die Schulter. »Du frierst. Wir müssen wirklich schnellstens ins Warme.«

»Hört ihr das? Da fährt ein großes Auto!« Tommi blieb nochmals stehen. »Man hört den Motor ganz deutlich. Ist bestimmt ein Transporter oder LKW. Ob das die Holzdiebe sind?«

»Glaub ich nicht, es ist doch schon dunkel, und bei dem Schnee fahren die sich doch nur fest«, meinte Stefan. »Außerdem kann man gar nicht erkennen, von wo genau das Geräusch kommt. Könnte auch drüben von der Landstraße herüberschallen.«

»Los, kommt, ich will hier weg«, drängte Emma. »Wenn es doch die Diebe sind, will ich ihnen bestimmt nicht begegnen.«

Stefan nickte, und die drei stapften los, so schnell es die Schneedecke erlaubte.

Als sie endlich zu Hause ankamen, wurden sie von bereits ungeduldig erwartet. Andrea hatte wieder heißen Kaffee und Kakao vorbereitet und verfrachtete die drei sofort in die warme Küche.

»Nichts«, berichtete Emma auf die Frage ihres Vaters. »Es gibt einfach keine Spur von Otter. Vielleicht hat ihn jemand gefunden und mitgenommen. Aber dann hätte sich derjenige doch melden müssen, oder?«

»Vielleicht auch nicht. Es gibt Menschen, die einfach Tiere stehlen«, gab Karl zu bedenken.

»O nein, hoffentlich nicht!« Besorgt sah Emma zwischen ihren Eltern hin und her. »Was sollen wir jetzt machen?«

»Ich will wieder raus und ihn mit der Taschenlampe suchen!«, rief Tommi und wollte schon wieder von seinem Stuhl aufspringen.

Doch Karl hielt ihn am Arm fest. »Nein, das wirst du nicht. Für heute müssen wir die Suche beenden. Ich ...«

»Ich will aber noch mal suchen!« schrie Tommi aufgebracht.

Andrea schüttelte streng den Kopf. »Nein Tommi, heute nicht mehr. Du bleibst schön im Haus. Am besten gehst du gleich mal duschen, damit du dir keine Erkältung holst. Du auch, Emma«, mahnte sie.

Emma nickte traurig und wandte sich an Stefan. »Jetzt konntest du gar nicht deine Geschenke kaufen fahren.«

»Ach was, das ist doch nicht schlimm.« Er winkte ab. »Otter ist viel wichtiger.« Er sah auf die Uhr. »Aber ich muss mich, glaube ich, langsam mal zu Hause blicken lassen. Ich habe zwar heute Mittag meine Mutter kurz angerufen, aber wahrscheinlich wartet sie jetzt mit dem Abendessen auf mich. Mein Vater müsste inzwischen auch da sein.«

Emma und Stefan standen auf, er verabschiedete sich von Karl und Andrea, klopfte Tommi aufmunternd auf die Schulter. Emma brachte ihn zur Tür.

Dort blieben sie einen Augenblick stehen.

»Danke, dass du uns bei der Suche geholfen hast.«

Stefan zog Emma lächelnd an sich. »Das hab ich doch gern gemacht.«

Sie nickte und blinzelte eine Träne weg.

»Hey, nicht weinen. Bestimmt taucht Otter ganz bald wieder auf. Daran musst du glauben!«, sagte er und gab ihr einen zärtlichen Kuss.

Sie hielte einander noch eine Weile fest umschlungen, dann hob Emma den Kopf und meinte: »Grüß deine Eltern von mir, ja. Schließlich bin ich Schuld daran, dass du jetzt zu spät zum Essen kommst.«

»Ach, wenn du der Grund bist, sollten sie sich besser daran gewöhnen. Aber so streng sind sie auch wieder nicht. Sie werden dich bestimmt mögen. Sie wissen nämlich, dass ich einen guten Geschmack habe.« Er zwinkerte ihr zu.

»Meine Eltern mögen dich auch.«

»Das ist sehr gut«, erwiderte er und beugte sich vor, bis seine Lippen ganz nah an ihrem Ohr lagen. »Ich glaube nämlich, dass ich dich liebe«, flüsterte er.

Emmas Puls begann wieder zu jagen, und ein heißer Blitz fuhr aus ihrer Magengrube geradewegs in ihr Herz.

Atemlos sah Stefan ihr in die Augen, bis sie lächelte und ihre Stimme wieder fand. »Ich glaube, ich liebe dich auch«, raunte sie zurück, reckte sich und küsste ihn.

Als aus der Küche Stühlerücken zu hören war, lösten sie sich widerstrebend voneinander.

»Ich rufe dich nachher noch mal an, ja!«, meinte Stefan und strich ihr sanft mit den Fingerspitzen über die Wangen.

»Okay.« Sie gab ihm einen letzten Kuss, dann machte er sich auf den Weg. Emma blickte ihm mit heftig klopfendem Herzen nach. Er drehte sich noch einmal kurz um und winkte ihr grinsend zu, dann verschwand er um die Ecke.

17. Kapitel

Emma saß auf ihrem Bett und hielt ihr Herzkissen fest an sich gedrückt. In ihr tobten die widersprüchlichsten Gefühle. Auf der einen Seite machte sie sich schreckliche Sorgen um Otter und war kurz davor, in Tränen auszubrechen, auf der anderen Seite fühlte sie sich überglücklich und genoss das Herzklopfen bei jedem kleinsten Gedanken an Stefan.

Vor einer halben Stunde hatte er sie auf ihrem Handy angerufen, ihr noch einmal Mut gemacht und eine gute Nacht gewünscht. Seither hatte sie sich nicht mehr von ihrem Bett wegbewegt. Durch die geschlossene Tür drang Tommis Stimme, der nur unter Protest schlafen ging, und die beruhigenden und tröstenden Worte ihrer Mutter. Dann war es wieder ruhig.

Kurz darauf klopfte es an Emmas Tür, und Andrea streckte den Kopf herein. »Störe ich?«

Emma schüttelte den Kopf. »Komm rein.«

Andrea zog die Tür hinter sich zu und setzte sich zu ihrer Tochter auf die Bettkante. »Was für ein Tag, nicht wahr? Ich hoffe, Tommi schläft gleich ein. Ich weiß sonst nicht mehr, was ich mit ihm machen soll.« Sie seufzte. »Wo mag Otter bloß stecken? Ich bin inzwischen auch fast überzeugt, dass ihn jemand aufgelesen und mitgenommen haben muss. Er kennt die Wege hier doch mittlerweile und hat sich bestimmt nicht verlaufen.«

Wieder nickte Emma. »Und es ist jetzt so kalt und

der ganze Schnee ...«, setzte sie tonlos hinzu. Sie rieb sich die Augen, konnte jedoch nicht verhindern, dass ihr ein paar Tränen über die Wangen rollten. »Und morgen ist Heiligabend. So ein schreckliches Weihnachtsfest habe ich noch nie erlebt.«

»Nun komm, Emma, wir dürfen die Hoffnung nicht aufgeben. Morgen fragen wir bei den Tierheimen in der Umgebung nach. Das wird vielleicht Ärger mit sich bringen, aber das ist nicht zu ändern. Wir haben Otter nur zur Probe, also müssen wir in den sauren Apfel beißen.«

Sie schwiegen eine Zeit lang und hingen ihren Gedanken nach, dann strich Andrea ihrer Tochter sanft über den Arm. »Aber ganz so schrecklich ist dieses Weihnachten vielleicht doch nicht.« Sie lächelte, als Emma erstaunt den Kopf hob. »Dein Stefan ist ein toller Kerl.«

Emma wurde rot. »Mama, er ist nicht mein ...« Sie brach ab und musste plötzlich grinsen. »Doch, ist er wohl. Er ist mein Stefan. Findest du mich blöd, weil ich das erst nicht kapiert habe? Ich hatte wirklich nicht gedacht ... Und dann stand er heute Morgen plötzlich an der Bushaltestelle, und es hat Klick gemacht.«

»Mein Schatz, das ist nicht blöd, das ist ganz normal«, antwortete Andrea ernsthaft. »Das Leben spielt nun mal so, man weiß nie, was an der nächsten Ecke auf einen wartet. Aber das Schicksal wollte es so und hat beschlossen, dass ihr zusammen gehört. Das ist doch schön, findest du nicht?«

Emma wurde verlegen. »Danke, Mama. Aber ... hat Papa nicht gemeckert?«

Andrea schüttelte den Kopf. »Warum sollte er? Glaubst du, er weiß nicht, dass du beinahe erwachsen bist? Und soweit ich das beurteilen kann, gefällt ihm Stefan auch sehr gut. Das hast du doch auch selbst gehört, nicht wahr?«

Emma schüttelte sich. »Wie peinlich!«

»Ach was!« Andrea lachte. »Das war noch gar nichts. Du hättest mal meinen Vater hören müssen, als ich Papa zum ersten Mal mit nach Hause gebracht habe. Wie alt sind Sie? Was haben Sie beruflich vor? Was machen Ihre Eltern? Können Sie sich vorstellen, eine Familie zu ernähren?«

Emma riss entsetzt die Augen auf. »Nee, echt? Das hat Opa alles gefragt?«

Andrea nickte schmunzelnd. »Das und noch einiges mehr. Und alles noch vor dem Einschenken des Kaffees und obwohl Mutti ihn unter dem Tisch dauernd getreten hat. Aber dein Vater hat es mit Humor genommen, was mein Glück war. Immerhin hätte er sich auch so verschrecken lassen können, dass er nie wieder zu uns gekommen wäre.«

»Papa doch nicht!«, meinte Emma und kicherte. »Aber da muss ich mit Opa wirklich mal ein Wörtchen reden, wenn er und Oma übermorgen kommen. Waren Papas Eltern auch so schlimm?«

»Aber klar!« Andrea lachte hell auf. »Was glaubst du, was mich meine Schwiegermutter auf Herz und Nieren geprüft hat, bevor sie mich zur Tür hereingelassen hat! Aber das kannst du sie doch auch fragen; sie kommen doch übermorgen ebenfalls. Vielleicht kannst du Stefan auch einladen? Zwar ist Weihnachten, und wahrscheinlich wird er keine Zeit haben ...«

»Doch. Er hat mich eben angerufen und gesagt, dass seine Mutter mich gerne am zweiten Feiertag einladen würde. Am ersten Feiertag bleiben sie meistens unter sich, und am zweiten Tag kommt dann bei ihnen die ganze Familie.«

»Siehst du!«, Andrea zwinkerte ihr zu. »Das passt doch wunderbar! Also lade ihn nur ruhig für übermorgen ein. Das Tribunal deiner vier Großeltern wird er schon überleben.«

»O Gott! Die werden doch nicht etwa ...?«, rief Emma erschrocken und setzte sich kerzengerade auf.

Andrea winkte lachend ab. »Ach was, so schlimm wird es schon nicht werden. Aber sie freuen sich bestimmt, ihn kennenzulernen.«

Beruhigt ließ sich Emma wieder in ihre Kissen sinken und spielte mit ihrem Samtherz herum. »Du nimmst die Sache mit uns echt ernst, oder?«

Aufmerksam legte Andrea den Kopf auf die Seite und sah ihr in die Augen. »Du nicht?«

»Doch.« Emma presste das Herz wieder an sich. »Doch, ich glaube, das ist ziemlich ernst. Und das kommt so unerwartet.«

»Ich weiß.«

»Mama, er hat gesagt, er glaubt, er liebt mich.«

Andrea nickte nur. »Und du?«

Emma schwieg einen Moment, dann atmete sie

tief ein. »Ich habe gesagt, ich glaube, ich liebe ihn auch.«

Ein kleines Lächeln umspielte die Lippen ihrer Mutter. »Und ist das nicht das schönste Gefühl, das es gibt?« Andrea rückte näher an Emma heran und nahm sie in die Arme. »Meine Große, das habe ich schon gewusst, als ich euch heute Mittag vor dem Haus traf. Ich habe es an seinen Augen gesehen und an deinen.« Sie löste sich wieder etwas von ihrer Tochter und zwinkerte ihr wieder zu. »Das hätte ein Blinder mit Krückstock auf zehn Meilen Entfernung gesehen.«

»Mama!« Emma wurde wieder rot und zog Andrea an sich. »Du bist die beste Mutter, die man haben kann.« Eine kurze Weile verharrten sie in der Umarmung, dann rückte Emma ein Stück ab. »Mama?«

»Hm?«

»Darf ich dich was fragen?«

»Aber sicher doch.«

»Gewöhnt man sich eigentlich irgendwann daran? An dieses dauernde Herzklopfen und all das, meine ich? Weil ... weißt du, wenn das noch lange so weitergeht, kriege ich irgendwann bestimmt einen Herzinfarkt oder so was. Stefan muss nur meine Hand nehmen, und ...«

»Emma.« Andrea strich ihr lächelnd übers Haar. »Wenn es eine gute Beziehung ist, wird sich das niemals ändern. Manchmal sehe ich deinen Vater an, wenn er lächelt oder wenn er auf mich zukommt, und bekomme selbst heute, nach fünfundzwanzig Jahren, noch weiche Knie.«

Emma legte das Herzkissen neben sich. »Also muss ich wohl damit leben, was?«

Andrea lachte. »Du musst und du wirst. Und du wirst es gar nicht anders haben wollen.« Sie stand auf. »Ich denke, wir gehen jetzt alle zu Bett, damit wir morgen wieder fit sind. Was meinst du?«

Emma nickte und griff nach ihrem Nachthemd.

»Außerdem werde ich deinem Vater noch Bericht erstatten müssen.«

»Mama!«

»Keine Angst, ich erzähle die gekürzte und zensierte Version.«

Mit einem Blinzeln zog Andrea die Tür hinter sich zu.

***

Emma war beinahe schon eingeschlafen, als es erneut leise klopfte und dann ein Schatten auf ihr Bett zukam. Erschrocken setzte sie sich auf. »Tommi!« Sie rieb sich die Augen. »Was willst du denn hier? Du sollst doch längst schlafen!«

»Ich kann aber nicht«, antwortete Tommi leise, und sie erkannte an seiner zitternden Stimme, dass er wieder geweint haben musste. »Emma, ich will Otter wiederhaben.«

Sie klopfte auf die Bettkante, und er setzte sich neben sie.

»Ich auch.« Sie überließ ihm ein Stück ihrer Decke. »Aber jetzt, mitten in der Nacht, können wir doch gar nichts tun. Morgen früh ...«

»Vielleicht ist er morgen schon verhungert und erfroren!« Tommi hieb mit der Faust auf die Matratze. »Er ist jetzt schon die zweite Nacht da draußen!«

»Wahrscheinlich ist er gar nicht mehr draußen«, meinte Emma nachdenklich. »Sonst hätte er längst wieder hierher gefunden. Kann schon sein, was Papa gesagt hat, dass ihn jemand mitgenommen hat.«

»Das will ich aber auch nicht! Das ist doch gemein«, jammerte Tommi und rieb sich über die Augen, wobei er die Tränen über das gesamte Gesicht verteilte. »Alles ist so gemein. Wenn Papa ihn nicht rausgeworfen hätte ... Und nicht mal die von der Weihnachtsmann-Webseite haben geschrieben.«

»Echt nicht? Na ja, so kurz vor Heiligabend sind die bestimmt total beschäftigt«, sagte Emma. »Wann hast du denn zuletzt deine E-Mails abgerufen?«

Tommi zuckte mit den Schultern. »Nach dem Abendessen.« Er seufzte. »Mensch, nicht mal der Weihnachtsmann interessiert sich für Otter.«

Emma legte ihm den Arm um die Schulter und zog ihn an sich. »Hey, so ist es doch gar nicht. Wir versuchen doch alle, ihn wiederzufinden.«

»Ja, und dann gibt Papa ihn sowieso im Tierheim ab«, maulte Tommi.

»Das glaube ich nicht«, meinte sie. »Aber jetzt sollten wir wirklich schlafen, damit wir morgen früh wieder fit sind.«

Tommi rutschte von der Matratze und ging zur Tür. Dort drehte er sich noch einmal um. »Emma?«

»Hm?«

»Meinst du, ich sollte meine E-Mails noch mal checken?«

»Kannst du ja machen. Aber sei bloß leise.«

»Okay.« Tommi ließ die Tür leise hinter sich ins Schloss gleiten, und Emma sank wieder in ihre Kissen.

Sie schlief nicht besonders gut und wachte immer wieder kurz auf. Einmal meinte sie, Otters kalte Nase an ihrem Arm zu spüren, ein andermal glaubte sie, Hundegebell in der Ferne und unheimliche Schritte im Haus zu hören. Erst am frühen Morgen fiel sie in einen tieferen Schlaf.

18. Kapitel

Otter steckte in der Klemme. Er hatte eine Weile geschlafen, war noch einmal nach draußen gekrochen, hatte sich erleichtert, etwas Schnee geleckt und war dann wieder in sein Versteck zurückgekehrt. Dort war es durch den ringsum aufgetürmten Schnee um einiges wärmer als draußen, und so fühlte er sich dort wohler und sicherer. Der Hunger nagte an ihm, dennoch nickte er wieder ein und träumte von Tommi, Emma und einem riesigen Napf Hundefutter.

Als er erneut erwachte, war es stockdunkel.

Wo ist denn der Ausgang?

Otter wollte hinauskriechen, doch es hatte mittlerweile so stark geschneit, dass die Öffnung von einer weißen Wand verschlossen wurde. Aufgeregt kratzte Otter an dem weißen Nass.

Ich will hier raus! Ich kriege ja keine Luft mehr!

Doch je mehr er scharrte, desto mehr Schnee kam ihm entgegen und füllte seinen Liegeplatz. Schließlich schaffte er es, ein winziges Luftloch freizukratzen. Er streckte die Nase hindurch, zog sie jedoch rasch wieder zurück und musste heftig niesen. Draußen schneite es noch immer leicht.

Was mache ich denn jetzt? Ich will endlich wieder nach Hause. Holt mich doch bitte!

Verzweifelt setzte er sich auf, so gut es unter den schiefen Brettern seiner Zuflucht ging, und setzte zu einem lang gezogenen Geheul an. In der Stille der Nacht hallte seine Stimme unheimlich und laut wider, dass er sich selbst erschreckte. Er hielt kurz inne, dann begann er von neuem.

Jemand muss mich doch hören!

Irgendwann hörte er jedoch wieder auf zu heulen, legte sich hin, presste die Nase auf die Vorderpfoten und winselte nur noch leise vor sich hin.

Plötzlich schrak er auf.

Da ist wieder dieses Klingeln! Das habe ich doch schon mal gehört!

Da ist doch jemand.

Er sprang auf und streckte witternd die Nase zum Luftloch hinaus. Es hatte zu schneien aufgehört.

Erneut klingelte es in der Ferne.

Otter wurde ganz aufgeregt, begann wieder wie wild zu scharren und bellte dabei mehrmals so laut er konnte.

Hier bin ich! Hier bin ich!

Das Klingeln wurde leiser. Verzweifelt bellte Otter wieder und wieder und buddelte sich durch die Schneewehe, die ihn gefangen hielt.

Dann, endlich, hatte er es geschafft, sich den Weg nach draußen zu bahnen. Er kroch auf den Weg, schüttelte sich heftig und sah sich um. In der Dunkelheit war kaum etwas zu erkennen. Auch das Klingeln hatte aufgehört.

Wo seid ihr? Kommt zurück!

Wieder bellte er und lauschte dann. Alles war still.

Ratlos lief Otter einige Schritte auf und ab und hob witternd die Nase. Da war doch etwas? Der Wind trug ihm einen fernen Geruch zu.

Otter richtete alle Sinne auf diese Witterung und

blieb wie angewurzelt stehen, als er ganz weit weg einen winzigen Lichtpunkt auf- und abtanzen sah. Er bellte einmal und noch einmal, traute sich jedoch noch nicht, dem Licht entgegen zu rennen. Täuschte er sich auch nicht?

Der Punkt wurde größer, kam näher. Wieder bellte Otter und lauschte. Dann stieß er plötzlich ein schrilles Freudengeheul aus.

***

Auf Zehenspitzen schlich Tommi die Treppe hinab. Auf dem Rücken trug er einen schweren Rucksack, seine Schneestiefel hielt er in den Händen, damit er niemanden durch seine Schritte aufweckte.

Licht traute er sich auch nicht zu machen, also legte er im dunklen Flur den Rucksack ab, schlüpfte in die Stiefel und zog seinen dicken Anorak an. Auch wenn er sie eigentlich hasste, nahm er auch noch die Wollmütze und die Handschuhe und wickelte sich einen Schal mehrfach um den Hals.

Sein Herz klopfte heftig, als er den Rucksack wieder schulterte und nach der Klinke der Haustür griff.

Da fiel ihm noch etwas ein. »Futter!«, flüsterte er aufgeregt vor sich hin. »Otter hat bestimmt Hunger.« Eilig lief er in die Küche und zog eine Packung Hundekuchen aus dem Vorratsschrank. Die quetschte er noch in den Rucksack, dann schlich er wieder zur Haustür.

Doch noch einmal machte er kehrt, zog die Schublade an der Garderobe auf und nahm die große Stablampe in die Hand, die dort für den Fall lag, dass der Strom ausfiel. Er lauschte noch einmal, ob auch wirklich niemand etwas gemerkt hatte, und öffnete entschlossen die Tür.

Klirrende Kälte empfing ihn, doch wenigstens schneite es nur ganz sachte. Vorsichtig zog er die Tür hinter sich ins Schloss und stapfte los.

Der Weg durch das Dorf kam ihm um diese Zeit, weit nach Mitternacht, ganz merkwürdig vor. Alles war still, die Straßenlaternen waren verschneit und warfen nur ein diffuses Licht zu Boden. Seine Schritte knirschten im Schnee, und in der Stille hallte dieses Geräusch besonders laut.

Immer wieder blickte Tommi sich um, weil er glaubte, jemand müsse ihn hören und wolle ihn vielleicht aufhalten.

Als er die letzten Häuserreihen hinter sich ließ und auf das freie Feld kam, wurde es richtig finster um ihn. Rasch schaltete er die Taschenlampe ein und leuchtete den tief verschneiten Feldweg ab.

»Ich gehe noch mal in den Wald«, murmelte er und empfand die Stille nicht mehr so unheimlich, als er seine Stimme hörte. »Wir sind gar nicht weit genug gegangen. Bestimmt ist Otter da. Bestimmt! Er muss da sein.« Nachdem er die Felder durchquert hatte, tauchte er in die noch finsterere Schwärze des Waldes ein. Den Lichtpunkt der Lampe immer ein paar Schritte vor sich gerichtet, stapfte er mutig geradeaus. Ab und zu knirschten die kahlen Äste der Bäume, und sogar das Rieseln des Schnees war jetzt deutlich zu hören.

Tommi lief bis zu der Stelle, an der sie am Nachmittag kehrtgemacht hatten und blieb unsicher stehen. »Wo soll ich denn jetzt langgehen?« Wieder hatte er laut gesprochen. Er leuchtete nach links und rechts und entschied sich dann. »Geradeaus. Bestimmt laufen Hunde immer geradeaus.« Er schniefte und zwinkerte heftig. »Ich will meinen Otter zurück!« Langsam ging er weiter. »Ich finde ihn, und dann laufen wir zusammen weg! Papa ist so gemein. Er darf ihn nicht zurück ins Tierheim bringen.«

Erschrocken blieb Tommi stehen, als er neben sich ein heftiges Schnaufen hörte. Wie erstarrt lauschte er dem unheimlichen Geräusch, das sich in seine Richtung zu bewegen schien. Sein Herz pochte heftig gegen seine Rippen, und er hielt den Atem an. Was war das?

Plötzlich hörte das Schnauben auf.

Tommi nahm all seinen Mut zusammen und drehte den Lichtstrahl ganz langsam nach rechts. Zwei schwarze Augen starrten ihn aus dem Unterholz heraus an.

Entsetzt sog Tommi die Luft ein, und dieses Geräusch schien sein Gegenüber zu erschrecken. Mit einem lauten Grunzen schüttelte die schwere Wildsau ihren Kopf, machte kehrt und rannte durch das Unterholz davon.

»O Mann!« Tommi ließ die Hand mit der Taschenlampe sinken und atmete heftig ein und aus. »Mann o Mann«, wiederholte er und spürte, wie seine Knie zu zittern anfingen. Fast hätte er sich einfach in den Schnee sinken lassen.

Doch ein Gedanke ließ ihn dann doch rasch weitergehen: »Hoffentlich fressen Wildschweine keine Hunde!«

Mit allem Mut, den er aufbrachte, stapfte er den Waldweg entlang und versuchte, nicht auf das beklemmende Gefühl zu achten, das ihn beschlich, je länger er unterwegs war.

»Ist mir egal!«, versuchte er sich selbst Mut zu machen. »Ich muss Otter finden, und dann bleibe ich bei ihm. Ich will gar nicht mehr nach Hause, wo alle so gemein sind.«

Während er den Weg entlang stapfte, bildete er sich ein, über sich ein leises Klingeln zu hören, doch zu sehen war weit und breit nichts als Bäume und Dunkelheit.

Nach einiger Zeit wurden Tommis Schritte jedoch langsamer und schleppender. Die Aufregung, die ihn wach gehalten hatte, verflog nach und nach, und er wurde immer müder. Mehrmals gähnte er und rieb sich die Augen. Schließlich blieb er stehen und überlegte, ob er sich irgendwo ausruhen sollte, als plötzlich ein furchterregendes Geheul die nächtliche Stille zerriss.

19. Kapitel

Als Emma am Morgen aufwachte, wurde es bereits langsam hell. Ihr Wecker zeigte nach acht Uhr an. Von unten drangen leise Geräusche zu ihr, die anzeigten, dass ihre Mutter dabei war, das Frühstück zuzubereiten.

Gähnend streckte sie sich und kroch aus dem Bett. Heute war Heiligabend! Kurz spürte sie einen Anflug von Vorfreude und ein wohliges Magenkribbeln, das sie, seit sie klein gewesen war, immer am Morgen des Heiligen Abends überkommen hatte. Doch dann fiel ihr Otter ein. Sie zog sich ihren Morgenmantel über und schlurfte ins Bad.

Nachdem sie sich gewaschen hatte, fühlte sie sich etwas besser. Sie wollte gerade zurück in ihr Zimmer gehen, als ihr Tommi einfiel. Normalerweise schlief er gerne lange, doch heute hätte sie erwartet, dass er schon vor allen anderen auf der Matte stehen würde. Aber seine Stimme war unten nicht zu hören. Nur Emmas Eltern, die sich leise unterhielten.

Einem Impuls folgend öffnete sie Tommis Zimmertür und lugte hinein. Das Bett war zerwühlt, aber leer. Sie zog die Stirn kraus. War er doch schon unten?

Da fiel ihr Blick auf den Monitor des Computers. Der Bildschirmschoner – lachende Elefanten – tanzte darüber. Neugierig trat sie an den PC und drückte die Leertaste.

Das geöffnete E-Mail-Programm sprang ihr ins

Auge. Tommi hatte anscheinend doch noch eine Nachricht von der Weihnachtsmannseite bekommen. Emma setzte sich und scrollte zum Text. Dann wurden ihre Augen groß.

Lieber Tommi, liebe Emma, stand da. *Ihr werdet sehen, alles wird gut. Euer geliebter Hund Otter ...* Woher kannten die den Namen? Den hatten sie doch gar nicht genannt? ... *wird bald wieder bei Euch sein. Ihr werdet ihn finden, so wie er Euch gefunden hat, als er zu Euch kam.* Wieder runzelte Emma die Stirn. Otter war tatsächlich in dem großen Freilaufgehege des Tierheims schnurstracks auf sie zu gelaufen, was den Ausschlag gegeben hatte, ihn zu mitzunehmen. *Ihr müsst nur daran glauben und noch ein wenig suchen. Gebt ihm und dem Geist der Weihnacht eine Chance und hört auf euer Herz, denn ihr wisst: Am Heiligen Abend ist alles möglich.*

Der Weihnachtsmann.

Ungläubig schüttelte sie den Kopf. Was für eine merkwürdige E-Mail! Dann durchfuhr sie ein ungutes Gefühl. Sie blickte sich noch einmal im Zimmer um. Der Kleiderschrank stand sperrangelweit offen. Als sie herantrat, fiel ihr auf, dass Tommis dicker Schneeanzug fehlte. Auch die Stiefel waren fort sowie der Rucksack, den er immer mit zu den Pfadfindern nahm. Sein Handy jedoch lag neben der Tastatur auf dem Schreibtisch.

»O nein, auch das noch!«, rief sie und rannte hinunter in die Küche. »Tommi ist weg!« Gleichzeitig mit ihren Worten stieß sie die Küchentür auf, die laut gegen die Anrichte knallte. »Er hat seinen Schneeanzug angezogen. Er ist weg!«

Andrea und Karl hoben alarmiert die Köpfe. »Was ist los? Wo ist Tommi?«

»Weg!«, rief Emma ungeduldig. »Er hat so eine blöde Mail vom Weihnachts...« Als sie die verständnislosen Blicke ihrer Eltern sah, brach sie ab. »Er ist irgendwann heute Nacht weggelaufen.« Ihr fiel etwas ein. Sie rannte in den Flur und riss die Schublade an der Garderobe auf. »Die große Stablampe ist auch weg!«

Inzwischen waren Andrea und Karl ebenfalls aufgesprungen.

»Das kann doch wohl nicht wahr sein!«, rief Andrea und rannte die Treppen hoch. »Er ist wirklich nicht da!«, drang ihre Stimme von oben. »Wir müssen sofort zur Polizei!« Eilig kam sie wieder herunter.

Karl schüttelte den Kopf. »Damit sollten wir noch warten. Weit kann er doch bei diesem Wetter nicht sein. Vielleicht ist er auch bei einem Freund ...«

»Um diese Uhrzeit?« Empört fasste sich Andrea an den Kopf. »Was machen wir denn jetzt?« Ihr kam eine Idee. »Emma, hat er sein Handy mitgenommen?«

Emma schüttelte den Kopf. »Das liegt oben.«

»Wir suchen ihn«, sagte Karl und bemühte sich um eine ruhige Stimme. Emma sah ihm jedoch an, dass auch er im höchsten Maße aufgeregt war. »Und alles wegen einem Hund!«

»Klar wegen Otter, was sonst!«, schrie Emma ihn

auf gebracht an. »Kannst du das echt nicht verstehen?«

Karl sah sie streng an. »Schrei mich nicht an, junge Dame! Natürlich kann ich das verstehen. Aber schau mal bitte nach draußen! Es hat heute Nacht noch mehr geschneit. Tommi kann sich eine Unterkühlung holen, wenn er die ganze Nacht da draußen herumgelaufen ist. Wir werden sofort mit dem Jeep losfahren und ihn suchen. Andrea, zieh dir etwas Warmes an.« Er wandte sich wieder an Emma. »Hast du eine Ahnung, wo er hingelaufen sein könnte?«

Emma schüttelte den Kopf. »Er kann überall sein. Vielleicht im Wald hinter dem Weiher? Da konnten wir gestern nicht mehr suchen. Ich weiß nicht.« Plötzlich fiel ihr etwas ein. »Hey, wenn so viel Schnee liegt, können wir vielleicht seine Spuren verfolgen!« Sie rannte zur Haustür und öffnete sie. Doch dann ließ sie entmutigt die Schultern hängen. »O nee, so ein Mist! Die haben heute schon den Schnee von der Straße geräumt!«

Karl blickte ihr über die Schulter. Tatsächlich führten frische Spuren durch den Garten, die jedoch an der Straße endeten, wo sich links und rechts hohe Schneeberge aufgetürmt hatten. »Das wäre wohl auch zu einfach gewesen. Also los, wir sollten keine Zeit verlieren. Emma, du bleibst hier am Telefon, falls er sich von irgendwo meldet oder wir dich brauchen.«

»Wenn wir ihn in einer Stunde nicht gefunden haben, gehen wir zur Polizei«, fügte Andrea hinzu.

Kurz darauf fiel die Haustür hinter den beiden ins Schloss, und der Motor des Jeeps heulte auf.

Emma zog sich an und wanderte dann unruhig im Haus herum, von einem Zimmer ins nächste und wieder zurück. Sie hasste es, hier warten zu müssen. Sie konnte rein gar nichts tun!

Erregt trat sie ins Wohnzimmer und betrachtete den Tannenbaum, der noch immer ungeschmückt dastand.

Abrupt drehte sie sich um und lief in die Küche, setzte sich an den Tisch und stützte den Kopf in die Hände. Lange hielt sie es jedoch nicht aus, dann sprang sie auf. »Ich werde verrückt, wenn ich hier so tatenlos rumsitzen muss!«, fluchte sie.

In einem spontanen Entschluss lief sie in den Keller und schleppte die beiden Kisten mit dem Weihnachtsbaumschmuck ins Wohnzimmer. »Wenn schon Weihnachten ist, kann ich auch den Baum schmücken. Auch wenn wir nichts zu feiern haben«, flüsterte sie vor sich hin und schüttelte gleichzeitig den Kopf über sich. Jetzt führte sie schon Selbstgespräche!

Die Lichterketten gleichmäßig auf der Tanne zu verteilen war gar nicht so einfach. Gewöhnlich machten das ihre Eltern gemeinsam.

Emma brauchte fast eine halbe Stunde, bis sie mit dem Ergebnis ihrer Bemühungen zufrieden war. Probehalber schloss sie die Ketten ans Stromnetz an und betrachtete ihr Werk. Dann begab sie sich an die roten und goldenen Kugeln, die bunten Glöckchen, weißsilbrigen Sterne und das Lametta.

Über eine Stunde später packte sie die leeren Kartons wieder in den Keller und sank befriedigt in einen Sessel. Ihre Aufregung hatte sie nun abreagiert, die Besorgnis blieb jedoch. Warum meldeten sich ihre Eltern denn nicht? Waren sie inzwischen schon bei der Polizei? Wo steckte Tommi nur? Ob er Otter gefunden hatte? Hoffentlich war ihm in der Nacht da draußen nichts passiert!

In diesem Moment klingelte es an der Haustür. Emma schrak auf und lief im Eilschritt hin, um zu öffnen.

»Hi, Emma, frohe Weihnachten!« Stefan lächelte sie an und hielt ihr ein kleines, liebevoll verpacktes Päckchen hin. Als er ihr Gesicht sah, stutzte er jedoch: »Was ist los? Ist was passiert?«

»Tommi ist weggelaufen!«, platzte es aus Emma heraus. Sie trat einen Schritt zur Seite, damit Stefan eintreten konnte. »Er ist irgendwann heute Nacht losgezogen. Meine Eltern suchen ihn gerade.«

»Auch das noch!« Stefan biss sich auf die Lippen, dann nahm er Emma fest in die Arme. Dankbar hielt sie sich einen Augenblick an ihm fest. »Was soll ich denn jetzt machen? Ich muss hier warten und auf das Telefon aufpassen. Aber ich will lieber selbst nach ihm suchen.«

Sie hob den Kopf und begegnete Stefans besorgtem Blick.

»Kann ich gut verstehen, aber ...« Er stockte. Dann hellte sich seine Miene auf. »Ich hab eine Idee! Habt ihr eine Telefon-Anlage? Dann kannst du doch die Anrufweiterleitung auf dein Handy schalten. So können wir uns auch noch auf die Suche machen, sind aber trotzdem erreichbar. Ich rufe schnell zu Hause an und gebe Bescheid, dass ich mit dir losziehe.«

Emma nickte, wollte aber gleichzeitig den Kopf schütteln. »Das mit der Anrufweiterleitung ist eine gute Idee. Aber du kannst doch nicht am Heiligen Abend mit mir zusammen auf Suche gehen! Was sollen denn deine Eltern dazu sagen?«

»Die verstehen das, wenn ich ihnen erkläre, um was es geht.« Er zog sein Handy hervor. »Kümmere du dich um die Telefonanlage, umso schneller können wir losgehen.«

20. Kapitel

»Und wo sollen wir jetzt suchen?«, fragte Emma, als sie wenig später auf der Straße standen.

»Wohin sind denn deine Eltern gefahren?«

Emma hob die Schultern. »Vielleicht in den Wald hinter dem Weiher. Mit dem Jeep kommen sie da bestimmt noch durch.«

»Okay.« Stefan nickte. »Dann gehen wir zu dem Waldstück, in dem wir gestern gesucht haben. Tommi wollte dort doch unbedingt noch mal hin.«

»Aber wir waren doch bestimmt an die zwei Kilometer tief im Wald, oder?«, warf Emma skeptisch ein. »Ich kann mir gar nicht vorstellen, dass Otter noch weiter gelaufen sein soll.«

»Ich auch nicht«, stimmte Stefan zu. »Aber versuchen sollten wir es. Vielleicht finden wir ja Spuren von Tommi.«

Da Emma nichts Besseres einfiel, stimmte sie schließlich zu. Doch schon als sie den Ortsrand erreichten, verließ sie der Mut. Der Schnee hatte anscheinend sämtliche Kinder des Dorfes mit ihren Schlitten auf die Hügel und Felder ringsum gelockt. Schneebälle flogen quer über den Weg, begleitet von lauten Rufen, Lachen und Gekreische. Mehrere Hunde tobten zwischen den Kindern und umtänzelten die überall aus dem Boden wachsenden Schneemänner, -frauen und -tiere.

»Was ist denn hier ausgebrochen?«, wunderte Stefan sich. »Da ist aber nix mit Spuren.« Er deutete auf den Weg, der von unzähligen Fuß- und

Kufenabdrücken übersät war.

»Anscheinend haben alle Eltern ihre Kinder aus dem Haus geworfen, um in Ruhe die Bescherung vorzubereiten«, meinte Emma enttäuscht. »Und jetzt?«

»Lass uns trotzdem zum Waldrand gehen. Da hinten ist nicht ganz so viel los. Die meisten Kinder dürfen wahrscheinlich auch gar nicht alleine in den Wald gehen.« Stefan nahm Emmas Hand und lief voran. Pfiffe und Gekicher folgten ihnen. Ein Junge in Tommis Alter grinste sie an, machte überlaute Kussgeräusche und warf dann einen Schneeball, der Emma um Haaresbreite verfehlte.

»Blödmann!«, rief sie, drehte sich jedoch nicht um.

Am Waldrand angekommen, sahen sich die beiden aufmerksam um.

»Hier sind noch immer zu viele Spuren«, meinte Stefan. »Gehen wir ein Stück auf dem Waldweg von gestern.«

Emma nickte und zog sich den Schal ein Stück über die Nase.

Nach etwa dreihundert Metern wurde es immer ruhiger. Das Gekreisch und Gejohle der Schlittenfahrer war nur noch ganz gedämpft von Ferne zu hören, Spaziergänger waren hier nicht unterwegs.

»Schau, hier sind nur zwei oder drei Leute entlanggegangen. Unsere Spuren von gestern sind gar nicht mehr zu erkennen.« Stefan deutete auf den Boden. »Und jemand ist mit einem Wagen erst kürzlich hier lang gefahren. Könnten das deine Eltern gewesen sein?«

»Vielleicht.« Emma betrachtete die Reifenspuren. »Das könnte unser Jeep gewesen sein, aber der Förster fährt ein ähnliches Modell und der Wildhüter ebenfalls.«

»Hm.« Stefan blickte in den Wald hinein. »Da vorne biegen zwei Spuren nach links ab, eine führt weiter geradeaus.« Er stapfte zu der einzelnen Spur und untersuchte sie. »Leider kann man nicht erkennen, ob die Spur von Tommi ist. Ich meine, sie ist ein bisschen zu groß, oder?«

Emma trat neben ihn und musterte die Abdrücke. »Schwer zu sagen, aber Tommi hat ziemliche Quadratlatschen. Größe 42.«

Sie folgten der einsamen Spur und hielten Ausschau nach irgendeinem Zeichen, fanden jedoch keines.

»Hörst du das?« Emma blieb plötzlich stehen und lauschte. »Da klingelt doch was, oder?«

Auch Stefan horchte und nickte dann. »Klingt wie diese altmodischen Schlittenschellen. Hast du doch bestimmt auch schon mal im Fernsehen gesehen, oder? Vielleicht machen hier irgendwelche Leute eine Schlittenfahrt mit Pferden. So richtig romantisch, mit allem Drum und Dran, im verschneiten Wald ...« Ein Lächeln umspielte kurz seine Lippen. »Das sollten wir auch mal machen, demnächst irgendwann.«

Emma konnte nicht anders, sie musste ebenfalls lächeln. »Das wäre toll! Aber komisch, dass man nur das Klingeln hört. Hier gibt es doch nicht so viele Wege; müsste uns der Schlitten nicht irgendwo begegnen?«

»Tut er vielleicht noch«, meinte Stefan. »Die Fußspuren führen immer weiter. Vielleicht sind sie tatsächlich von Tommi.«

»Wenn die Schlittenleute hier entlang kämen, könnten wir sie fragen, ob sie ihn gesehen haben«, meinte Emma hoffnungsvoll. »Wir müssten jetzt ungefähr an der Stelle sein, wo wir gestern umgekehrt sind, nicht wahr?«

»Ungefähr«, stimmte Stefan zu. »Weißt du, wie weit der Weg hier noch führt und wo er endet?«

»Früher sind wir ziemlich oft hier spazieren gegangen. Der Weg führt von hier aus noch bestimmt zwei oder drei Kilometer geradeaus, allerdings in leichten Windungen. Da gehen dann auch mehrere Pfade links und rechts ab.« Sie überlegte kurz. »Irgendwo müssten auch mehrere alte Jägerunterstände stehen. Keine Ahnung, ob die heute noch benutzt werden. Inzwischen wurden ja neue Hochsitze gebaut.«

»Könnte Tommi sich dort versteckt haben?« fragte Stefan nachdenklich.

Emma hob die Schultern. »Vielleicht zum Verschnaufen. Aber er ist ja auf der Suche nach Otter, da wird er sich bestimmt nicht irgendwo hinsetzen.«

»Schauen wir trotzdem mal nach.« Entschlossen ging Stefan wieder los, immer den Spuren im Schnee nach. Emma folgte ihm ein Stück, als plötzlich ihr Handy klingelte.

»Warte mal!« rief sie und schaute auf den Display. »Papa? Habt ihr ihn gefunden? Wo ...?«

Stefan kehrte um, während Emma lauschte. Sie verzog enttäuscht das Gesicht. »Und jetzt fahrt ihr zur Polizei? Nein, ich bin nicht zu Hause. Ich habe alle Anrufe auf mein Handy umgeleitet und bin mit Stefan noch mal in den Wald ... Okay, bis dann.«

Sie schaltete ihr Handy aus. »Mein Vater hat sich auf einem Feldweg mit dem Jeep festgefahren«, erklärte sie. »Mama musste einem Bauern Bescheid geben, der die beiden mit dem Trecker aus dem Graben gezogen hat. Sie haben keine Spur von Tommi und wollen jetzt in die Stadt zur Polizei.« Sie hob den Kopf. »Da ist das komische Klingeln schon wieder.«

»Komm, gehen wir noch ein Stück. Wie weit ist es noch bis zu den Unterständen?«

»Ich weiß es nicht genau. Der erste müsste bald in Sicht kommen.«

Emma und Stefan staksten weiter durch den Schnee, der an einigen Stellen durch den Wind zu hohen Wehen aufgetürmt war. Der Pfad machte hier eine sehr lang gezogene Biegung nach rechts. Stefan deutete auf eine aufgewühlte Stelle am Wegesrand. »Hier scheinen vor kurzem Wildschweine entlang gekommen zu sein. Vielleicht sollten wir ein bisschen aufpassen. Begegnen möchte ich denen lieber nicht.«

»Ich auch nicht!« Emma schauderte. »Da sind noch andere Abdrücke im Schnee. Die könnten von Pfoten stammen!«

»Ein Fuchs vielleicht?«

»Oder ein Hund!« Emma blickte sich mit neuer Aufmerksamkeit um.

21. Kapitel

Das Geheul kam so unerwartet und plötzlich, dass Emma und Stefan zusammenschraken. Im nächsten Moment schoss etwas Haariges auf sie zu und warf Emma beinahe um.

»Otter!« Sie kniete sich in den Schnee und ließ es zu, dass der Hund ihr Gesicht leckte. Immer wieder bellte er aufgeregt, bis sie ihn fest an sich zog. »Da bist du ja, Otter. Wo kommst du denn bloß her?« Ihr stiegen Tränen der Freude und Erleichterung in die Augen.

Auch Stefan ging in die Hocke und streichelte Otters Kopf. »Hallo, Alter. Du hast uns ja ganz schön in Atem gehalten. Ist Tommi bei dir?«

Als er Tommis Namen hörte, legte Otter den Kopf auf die Seite.

Tommi? Der schläft in meinem Versteck.

Er bellte und rannte ein Stück voraus.

»Komm!« Stefan half Emma beim Aufstehen, und sie folgten dem erneut bellenden Hund.

»Wie ist er bloß so weit in den Wald gekommen?«, wunderte Emma sich. »Und warum ist er nicht zurückgekommen?« Stefan zuckte mit den Schultern. »Vielleicht hat er vor lauter Schnee den Weg nicht mehr gefunden. Ich habe ...«

»Pst!« Emma legte den Zeigefinger an die Lippen und wies dann auf den verfallenen Jägerunterstand, der vor ihnen in Sicht kam. Otter hatte sich vor etwas Rotblaues gesetzt, das sich als Schlafsack entpuppte, in den sich Tommi fest eingerollt hatte und schlief. Neben ihm lag eine Plastiktüte mit einem Rest Hundekuchen und sein Pfadfinderrucksack, aus dem eine Stablampe herausragte.

»O Mann, Tommi!«, seufzte Emma voller Erleichterung und wischte sich die letzten Tränen aus den Augenwinkeln. Dann trat sie auf ihren Bruder zu und rüttelte ihn leicht an der Schulter. »Hey, wach auf!«

Tommi brummelte etwas und blinzelte dann. Als er Emma erkannte, war er schlagartig hellwach.

»Emma! Stefan! Wo kommt ihr denn her?« Er sah sich um. Otter kam von der Seite und stupste ihn mit seiner feuchten Nase an.

Zeit aufzustehen, kleiner Freund.

»Ich habe Otter gefunden«, triumphierte Tommi und legte dem Hund die Arme um den Hals. Otter ließ es sich gefallen und leckte Tommis Ohr. »Hab ich nicht gesagt, wir müssen hier noch weiter suchen? Aber ihr wolltet ja unbedingt nach Hause. Der Weihnachtsmann hat mir *geschrieben,* dass ich noch mal suchen soll!«

»Der Weihnachtsmann?«, fragte Stefan. »Was soll das heißen, er hat dir geschrieben? Es gibt doch überhaupt...«

»Ich erzähl dir das später«, unterbrach Emma ihn schnell und mit einem warnenden Blick.

Überrascht hob Stefan die Brauen, sagte jedoch nichts.

Emma gab ihm einen schnellen Kuss auf die Wange. »Ich rufe mal Papa an, damit sie nicht die Polizei verrückt machen.«

»Wieso Polizei?«, wunderte Tommi sich, während er sich aus dem Schlafsack schälte.

Stefan knuffte ihn in die Seite. »Du hast uns ganz schön Angst gemacht. Einfach so mitten in der Nacht zu verschwinden! Deine Eltern sind losgefahren, um dich zu suchen, und wollen jetzt sogar eine Suchmeldung bei der Polizei machen.«

»Oh oh!« Tommi zog betroffen den Kopf zwischen die Schultern. »Das ist nicht gut, oder? Kriege ich jetzt Ärger?«

Emma, die bereits das Handy aus der Tasche gezogen hatte und wählte, hob die Schultern. »Wenn du Glück hast, sind sie froh, dass du wieder da bist, und vergessen zu schimpfen.« Sie hielt das Handy ans Ohr und lauschte. »Mist, kein Empfang hier«, sagte sie dann. »Wir müssen ein Stück den Weg zurückgehen. Los, pack deine Sachen zusammen, dann gehen wir nach Hause!«

Tommi tat, wie ihm geheißen. Als er sich den Rucksack und den Schlafsack auf den Rücken schnallte, hielt er jedoch inne und schüttelte den Kopf. »Ich gehe nicht mit. Wir müssen doch Otter mitnehmen, und wenn Papa ihn sieht, bringt er ihn sofort ins Tierheim.«

»Ach was, das wird er schon nicht, nach allem, was passiert ist«, warf Stefan ein.

Doch Tommi nickte heftig. »Tut er doch. Das hat er nämlich gesagt. Ich hab's genau gehört!«

Emma sah ihn erstaunt an. »Wann hast du das gehört?«

»Na gestern, nee, heute Nacht. Bevor ich weg bin,

habe ich gehört, wie Papa im Schlafzimmer zu Mama gesagt hat, dass Otter im Tierheim besser aufgehoben wäre. Und Mama hat gesagt, dass wir ihn dazu erst mal finden müssen. Und ich hab ihn jetzt gefunden. Aber er soll nicht zurück ins Tierheim. Ich will ihn behalten!«

»Ich doch auch«, versuchte Emma ihrem Bruder zu beruhigen. »Aber wir können ihn ja nicht ewig hier im Wald verstecken. Es ist kalt, und er hat bestimmt riesigen Hunger. Und du hast schon ganz blaue Lippen.«

»Ich will aber...«

»Tommi«, unterbrach Stefan. »Ich würde auch vorschlagen, dass wir jetzt zu euch nach Hause gehen. Dort könnt ihr dann noch immer versuchen, eure Eltern zu überreden. Und schau mal, Otter ist auch schon ganz wild darauf, ins Warme zu kommen.«

Tatsächlich rannte Otter aufgeregt voraus und wieder zurück und versuchte, seine drei Freunde dazu zu animieren, endlich loszugehen.

Schließlich konnten sie Tommi doch noch überreden, mit ihnen zu gehen.

***

Emma versuchte noch zweimal, ihre Eltern anzurufen, doch sie bekam einfach keinen Empfang. »Komisch, eben ging es doch auch«, wunderte sie sich.

Erst als sie an die Stelle kamen, an denen zwei Fußspuren abbogen, während Tommis Abdrücke allein weitergeführt hatten, nickte sie erleichtert. »Aha.« Sie blieben stehen, und Emma lauschte dem Klingelzeichen.

»Papa? Wir haben Tommi gefunden! Ja, alles in Ordnung. Und Otter haben wir auch ... Ja ehrlich! Im Wald hinter den Wildackern. Kommt ihr uns abholen? Okay, bis gleich.« Sie steckte ihr Handy wieder ein. »Sie kommen uns am Waldrand abholen.«

»Hört ihr das?«, rief Tommi plötzlich aufgeregt. »Dieses Klingeln? Das hab ich auch heute Nacht schon mal gehört. Klingt wie die Glöckchen am Weihnachtsmannschlitten.«

»Ach was, das sind bestimmt Leute, die eine Schlittenpartie machen«, widersprach Emma. »Da sind auch die Spuren.« Sie wies auf Kufenspuren, die an der Weggabelung von ihnen fortführten.

»So ein Quatsch!«, widersprach Tommi. »Die sind bestimmt vom Weihnachtsmann. Hier ist doch noch nie einer mit dem Schlitten gefahren. Und schon gar nicht nachts!« Er zog seinen Rucksack aus und ließ den Schlafsack daneben fallen. »Wisst ihr was, ich geh' mal gucken. Das Klingeln ist doch ganz laut, kann bestimmt nicht weit sein!«

»Nein, Tommi, wir gehen jetzt nach Hause!«, rief Emma ihm hinterher.

Er war jedoch schon ein gutes Stück gerannt und drehte sich nun um. »Nee, ich will sehen, ob es der Weihnachtsmann ist. Er kann nämlich machen, dass Otter bei uns bleibt!« Damit rannte er weiter.

Emma und Stefan sahen einander unschlüssig an.

»Wir sollten ihm folgen, sonst ist er wieder verschwunden«, meinte Emma.

»Was soll das alles eigentlich? Was hat er dauernd mit dem Weihnachtsmann?«, fragte Stefan verwundert.

Sie gingen Tommi hinterher, dicht gefolgt von Otter, der seine Menschen auf keinen Fall wieder verlieren wollte.

Ich dachte, wir gehen heim, wo es schön warm ist? Machen wir jetzt noch einen Spaziergang? Was zu fressen wäre mir aber lieber.

Emma erklärte Stefan kurz, was es mit den E-Mails von der Weihnachtsmann-Homepage auf sich hatte. »Ich weiß auch nicht, warum er sich so da hineinsteigert. Natürlich weiß er, dass der Weihnachtsmann nur ein Märchen ist. Aber er ...« Sie stockte und blieb abrupt stehen.

»Was ist los?«, wunderte Stefan sich.

»Schau mal!« Aufgeregt zeigte Emma auf Waldboden. »Die Kufenspuren hören hier ganz plötzlich auf. Aber der Schlitten kann sich doch nicht in Luft aufgelöst haben, oder?«

»Eigentlich nicht«, stimmte Stefan zu und suchte den Boden nach Spuren ab. »Wo ist Tommi überhaupt?«

22. Kapitel

Sie beeilten sich, Tommis Abdrücken im tiefen Schnee zu folgen. Auf diesem Seitenweg hatte sich die weiße Pracht so hoch aufgetürmt, dass Otter beinahe wie ein Känguru springen musste, um mit ihnen Schritt zu halten.

»Tommi?«, rief Emma.

Weit und breit war kein Laut zu hören, nur eine Krähe krächzte irgendwo über ihnen.

»Tommi? Komm schon, das ist nicht witzig. Wir wollen nach Hause.«

Wieder blieb alles still. Die Krähe erhob sich mit lautem Flügelschlag in die Lüfte oberhalb der Baumwipfel.

Stefan und Emma sahen einander besorgt an.

Plötzlich gellte ein Schrei durch den Wald. Die beiden schraken zusammen.

»War das Tommi? Verdammt!« Beim Versuch, noch schneller zu laufen, rutschte Emma aus und schlug der Länge nach hin.

Ein weiterer Hilfeschrei schallte durch den Wald.

Stefan fasste Emma am Oberarm und zog sie hoch. Otter bellte aufgeregt und hüpfte in grotesken Sprüngen voraus.

Als sie um eine Wegbiegung kamen, sahen sie zu ihrem Entsetzen Tommi in einem halb zugefrorenen Ententeiher hilflos mit den Armen rudern.

»Hilfe! Emma, zieh mich raus!« Seine Stimme klang jetzt schon undeutlich.

»O Gott, Tommi!« Unsicher trat Emma an den

Rand des Weihers.

»Pass auf, hier ist es glitschig! Tommi ist hier auch ausgerutscht«, warnte Stefan und hielt sie am Arm zurück.

»Aber was sollen wir denn machen? Er erfriert in dem Wasser!«

Tommi versuchte ungelenk, zum Ufer zu gelangen, doch seine Bewegungen wurden bereits langsamer und kraftlos.

»Emma! Emma!«, rief er immer schluchzend.

Otter rannte indes laut bellend am Ufer auf und ab.

Hey, kleiner Freund, komm aus dem Wasser! Das ist doch viel zu kalt für dich.

»Ich suche nach einem langen Ast oder so etwas!«, rief Stefan aufgeregt und blickte sich um, doch unter der Schneedecke war nichts dergleichen auszumachen.

»Tommi!« Wieder versuchte Emma, näher an das Ufer zu gelangen, rutschte jedoch aus und wäre beinahe selbst ins Wasser gestürzt. Nur mit Mühe konnte sie sich fangen.

Warum kommt Tommi denn nicht raus? Ich helfe ihm!

Laut kläffend machte Otter ein paar Schritte rückwärts, rannte los und sprang in den Weiher. Das Wasser spritzte nach allen Seiten.

Emma schrie erschrocken auf. »Nein, Otter, nicht!«

Stefan war sofort wieder neben ihr, und sie beobachteten, wie Otter zielstrebig auf Tommi zu schwamm. Als er bei ihm ankam, fasste Tommi kraftlos nach Otters Fell, und der Hund zog den Jungen ans Ufer. Das Gewicht des Jungen drückte ihn beinahe ganz unter Wasser, dennoch schaffte er es, die Böschung zu erreichen.

Emma und Stefan warfen sich fast gleichzeitig zu Boden und robbten so weit an den Uferrand, bis sie Tommis Arme fassen konnten. Hinter ihnen wurden Motorengeräusche laut, dann ertönte ein Schreckensschrei; Türen klappten.

Sie zogen Tommi mit vereinten Kräften an Land, während Otter neben ihnen schnaufend das Ufer hochkroch und sich kräftig schüttelte.

Das war knapp, Tommi. In so kaltes Wasser mag ja nicht mal ich reinspringen.

Im nächsten Moment waren Andrea und Karl an der Unglücksstelle.

»O mein Gott, mein Kind!« Andrea war kreidebleich. Sie nahm Tommis Gesicht zwischen ihre Hände. »Völlig unterkühlt!«

»Komm, er muss ins Auto und aus den nassen Klamotten raus.« Karl zog Tommi auf die Beine. »Kannst du gehen?«

Er stützte seinen Sohn und brachte ihn zum Jeep. Dort schälte er ihn aus der Jacke und der Skihose. »Wir müssen sofort nach Hause.«

»Wir müssen ihn ins Krankenhaus bringen!«, rief Andrea aufgeregt dazwischen.

Doch Tommi schüttelte heftig den Kopf. »Nee, Mama«, sagte er mit klappernden Zähnen. »Ist nicht so schlimm. Ich will nach Hause. Mit Otter

Weihnachten feiern.«

»Ich auch«, stimmte Emma zu und stützte sich auf Stefans Arm. Ihre Knie zitterten noch immer vor Aufregung.

Otter, der sich wiederholt schüttelte, um sein Fell vom Wasser zu befreien, stupste sie leicht mit der Nase an.

»Mensch, Otter, du hast Tommi gerettet!« Emma kniete sich vor den Hund und umarmte ihn.

Auch Stefan strich ihm über den Kopf. »Du bis echt ein Held, Otter.«

Was ist denn ein Held? Ich habe doch nur Tommi aus dem Wasser gezogen. Ich will jetzt aber endlich ins Warme und was zu fressen.

Auffordernd bellte Otter und rannte auf den Jeep zu. Emma und Stefan folgten ihm.

»Wie habt ihr uns überhaupt hier gefunden, Papa?«, fragte Emma, als sich alle in den Wagen gequetscht hatten.

Andrea, die trotz der Enge auf dem Beifahrersitz Tommi auf dem Schoß hatte und versuchte, ihn mit einer Decke zu wärmen, wandte den Kopf. »Als ihr nicht am vereinbarten Treffpunkt zu sehen wart, sind wir ein Stück Waldweg gefahren und haben dann Tommis Rucksack und den Schlafsack gefunden. Warum seid ihr denn bloß auf diesem Seitenweg gegangen? Der führt doch nirgendwo hin!«

Otter, der im Fußraum vor der Rückbank hockte, versuchte, seinen Kopf zwischen den Vordersitzen durchzuschieben.

Emma begann nun auch langsam zu zittern, und

Stefan zog sie ein Stück an sich. »Tommi ist den Schlittenspuren gefolgt, weil er dachte ... ist ja egal. Wir wollten ihn aufhalten, aber er war schneller.«

»Was für Schlittenspuren?« Karl blickte überrascht in den Rückspiegel. »Auf diesem Weg kann doch gar kein Schlitten fahren, das ist viel zu eng!«

»Da waren aber Spuren«, widersprach Tommi aufgeregt. »Ich dachte, das ist vielleicht der Weihnachtsmann.«

»Der was?« Karl sah ihn noch verblüffter an. Dann blickte er kurz über die Schulter. »Da waren keine Spuren. Die hätten wir doch gesehen. Und der Weg führt auch in eine Sackgasse. Ich weiß ja nicht, was ihr euch da eingebildet habt...«

»Wir haben uns das nicht eingebildet!«, rief Emma. »Stefan, da waren doch Kufenspuren, oder nicht?«

Stefan nickte. »Wirklich, wir denken uns das nicht aus. Da waren Schlittenspuren, und die hörten dann mitten auf den Weg auf.«

Kopfschüttelnd konzentrierte Karl sich wieder aufs Fahren, und wenige Minuten später kamen sie zu Hause an. Andrea verfrachtete Tommi sofort nach oben und ließ ihm ein heißes Bad ein. Karl ging ebenfalls, um sich umzuziehen; Otter rannte schnurstracks in die Küche und stürzte sich auf seinen Napf mit den Hundekuchen.

Das ist aber wenig! Ich habe solchen Hunger, könnt ihr mir nicht so eine Dose mit Fleisch aufmachen?

Stefan und Emma blieben im Flur stehen.

»Ganz schön aufregend, was?« Stefan zog seine Handschuhe aus und strich Emma über die Wange. Obwohl ihr kalt war, knisterte die Berührung auf ihrer Haut.

Sie verzog das Gesicht. »Darauf hätte ich gut verzichten können. Aber Otter war wirklich toll. Dass er einfach ins Wasser gesprungen ist!«

Stefan nickte. »Ein richtiger Rettungshund.« Er zog Emma an sich. »Ich glaube, ich muss jetzt mal langsam nach Hause.«

Erschrocken sah Emma auf ihre Armbanduhr, die bereits weit nach Mittag anzeigte. »O je, nicht, dass du noch Ärger bekommst!«

»Ärger nicht, aber Frostbeulen. Meine Stiefel sind nicht mehr wasserdicht. Vorher musst du allerdings noch mein Geschenk aufmachen.« Er deutete auf das Päckchen, das vergessen auf der Garderobenablage unter dem Spiegel lag.

Emma nahm es und drehte es verlegen in den Händen. »Jetzt habe ich gar nichts für dich, wegen der ganzen Aufregung.«

Ein Lächeln glitt über Stefans Gesicht. »Macht doch nichts. Ich hätte auch nichts gehabt, wenn sich meine Mutter nicht gestern Abend noch hätte überreden lassen, mit mir in die Stadt zu fahren.«

»Du bist extra noch mal gefahren?« Überwältigt blickte Emma auf das Päckchen und wickelte es dann vorsichtig aus, um das Papier nicht zu beschädigen. Sie öffnete die kleine Schachtel und hob vorsichtig den Deckel.

»Ich hab die gleiche«, sagte Stefan leise und nestelte den Kragen seines Mantels auf.

Emma nahm die silberne Kette aus der Schachtel und betrachtete sprachlos den Anhänger, der aussah wie ein Puzzleteil, und auf dem ein großes S eingraviert war.

»Auf meiner ist ein E«, erklärte Stefan. »Da, die beiden Teilchen passen genau zusammen.« Zum Beweis nahm er seine Kette ab und hielt die beiden Anhänger aneinander.

Emma schluckte. »Das ... das ist das schönste Geschenk, das ich jemals bekommen habe«, flüsterte sie und musste sich räuspern. Sie legte das Kettchen an und ließ sich dann erneut in Stefans Arme ziehen. »Sehen wir uns morgen?«

»Auf jeden Fall!« Stefan gab ihr einen Kuss, und auch das letzte bisschen Kälte verflüchtigte sich.

Von der Treppe her kam ein Geräusch, dann räusperte sich Karl betont laut.

Stefan blickte auf, dann zwinkerte er ihr zu. »Also, ich muss jetzt los. Bis morgen, ja?«

»Okay, bis morgen. Und sag deinen Eltern und deiner Schwester frohe Weihnachten von mir!« Emma sah ihm nach, wie er zum Gartentor ging, noch einmal winkte und dann im Laufschritt loslief.

23. Kapitel

»Und jetzt?« Emma beugte sich auf dem Küchenstuhl vor, während Karl eine Kanne Kaffee aufsetzte.

Otter, der inzwischen eine weitere große Portion Hundefutter verputzt hatte, lag zufrieden unter dem Tisch.

»Was jetzt?« Karl drehte sich zu ihr um.

»Wie geht es jetzt weiter?«, fragte Emma ungeduldig. »Wegen Otter, meine ich.«

In diesem Moment wurden auf der Treppe Schritte laut, und Andrea rief: »So ein Glück, Tommi geht es schon wieder besser. Er kommt gleich runter. Ich muss jetzt unbedingt etwas zu essen machen, und außerdem haben wir noch gar nicht... O Emma!«

Der letzte Ausruf klang so überrascht, dass Karl und Emma aufmerkten und zur Küchentür liefen. Andrea stand im Wohnzimmer und blickte sprachlos auf den geschmückten Weihnachtsbaum.

Emma schmunzelte. »Ach so, das hatte ich vergessen. Den hab ich heute Morgen geschmückt, als ihr losgefahren seid.« Sie bückte sich und schloss die Lichterketten an die Steckdose an. Mit einem Mal erstrahlte das Wohnzimmer in leuchtend weihnachtlichem Glanz.

»O Emma«, wiederholte Andrea gerührt und umarmte sie. »Das ist ja so ... Dass du daran überhaupt gedacht hast! Und wie schön der Baum aussieht.«

»Na ja, ist ja schließlich Heiligabend.« Emma zuckte mit den Schultern.

»Ja, dann mache ich jetzt wirklich mal was zu essen. Karl, bereitest du inzwischen die Bescherung vor?« Andrea wandte sich in Richtung Küche.

»Aber klar doch.« Karl nickte.

Emma schaute etwas befremdet zwischen den beiden hin und her. »Was denn, wir gehen jetzt einfach zur Tagesordnung über?« Sie warf Tommi, der gerade das Wohnzimmer betrat, einen kurzen Blick zu. »Was ist denn nun mit Otter?«

Was ist mit mir?

Als Otter seinen Namen hörte, kam er rasch aus der Küche herbei.

»Was soll mit Otter sein?« Verwundert hob Andrea die Brauen.

Emma ließ sich auf den Sessel fallen und verdrehte die Augen. »Mensch, Otter hat Tommi gerettet, ist euch das überhaupt klar? Und ihr tut, als wäre nichts passiert!«

»Na komm schon, so ist es ja nicht.« Karl setzte sich ihr gegenüber, und auch Andrea nahm auf der Couch Platz. Tommi hockte sich auf die Sessellehne neben Emma.

»Doch«, rief er. »Otter hat mich gerettet!«

»Natürlich hat er das, Tommi.« Andrea strich Otter, der sich neben sie gesetzt hatte, über den Kopf. »So war das auch nicht gemeint. Wir tun ja nicht so, als wäre nichts passiert.«

»Ihr wollt ihn aber trotzdem wieder ins Tierheim bringen.«

»Am besten wäre es wohl ...«, setzte Karl an, doch Tommi schrie empört auf.

»Nein! Otter soll nicht ins Tierheim. Ich will ihn behalten! Ihr seid so gemein!« Sofort begannen wieder die Wuttränen zu fließen.

Andrea schüttelte den Kopf. »Nun lass Papa doch mal aussprechen, Tommi!«

»Ich will nicht! Ich will Otter!«

Als er erneut seinen Namen hörte, sprang Otter auf und bellte kurz. Unsicher blickte er seine Menschen an, um herauszufinden, ob sie etwas von ihm erwarteten.

Karl rieb sich die Stirn und seufzte übertrieben. »Tommi, glaubst du, das wüsste ich nicht? Ich wollte nur sagen, dass es vermutlich für meine Nerven besser wäre, wenn Otter wieder ins Tierheim kommt, aber ...« Er hob die Hand, um Tommis erneuten Aufschrei abzuwehren. »Aber«, betonte er, »wenn ich das mit dem Seelenfrieden meiner Kinder bezahlen muss, kommt das natürlich nicht infrage.«

Tommi machte große Augen.

»Heißt das, Otter darf bei uns bleiben?«, fragte Emma, die die Bedeutung von Karls Worten schneller erfasst hatte.

»Das sollte es heißen, ja.« Karl lächelte. »Ich kann außerdem einen Hund, der meinem Sohn das Leben gerettet hat, nicht einfach vor die Tür setzen. Wenn ich mir auch überlegen muss, ob ich kommendes Frühjahr statt des Schwimmteiches nicht lieber einen Steingarten anlege. Sonst werden wir die Wasserschäden im Haus nie los.«

»Wir dürfen Otter behalten?«, versicherte sich

Tommi mit einem Blick auf seine Mutter. Als sie nickte, schrie er begeistert auf. »Ja!« Er rutschte von der Sessellehne und umarmte Otter, der dies als Zeichen zum Spielen auffasste und freudig bellend versuchte, an Tommi hochzuspringen.

»Danke, Papa.« Emma umarmte ihren Vater. »Otter ist der beste Hund, den es auf der Welt gibt.«

»Das mag sein«, erwiderte Karl. »Aber er ist eben leider auch der wassersüchtigste.«

»Vielleicht können wir ihm beibringen, nicht in unseren neuen Schwimmteich zu springen«, schlug Tommi kichernd vor, während er mit Otter über den Boden kugelte.

Andrea lachte. »Ich fürchte, da haben wir jetzt schon verloren. Eher könnt ihr ihm beibringen, nur noch in unseren Teich zu springen und dafür nicht mehr in jede Pfütze, Bach oder Weiher.«

»Oder wir schenken ihm ein Plastikplanschbecken«, meinte Emma. Entspannt und glücklich lehnte sie sich wieder im Sessel zurück. »Aber wisst ihr was? Ich habe einen Bärenhunger!«

»O ja, du hast ja Recht!« Andrea stand auf und ging zur Küche. »Das Essen ist gleich fertig.«

»Dann lasst uns jetzt endlich zur Tagesordnung übergehen.« Karl scheuchte alle aus dem Wohnzimmer und schloss die Tür.

24. Kapitel

Später am Abend, nachdem sie gegessen und die Geschenke ausgepackt hatten, saßen sie noch bei Weihnachtsmusik um den Tannenbaum herum. Tommi hatte sich auf der Couch zwischen seine Eltern gekuschelt, Emma saß wieder im Sessel und hatte ihre Füße auf Karls Schoß gelegt.

Otter, der unter dem Couchtisch gelegen hatte, sprang plötzlich auf und rannte aufgeregt bellend zur Terrassentür.

»Nanu, was ist denn jetzt?« Emma stand auf und schlüpfte in ihre Hausschuhe. »Musst du mal raus, Otter?« Sie öffnete die Terrassentür und folgte dem noch immer bellenden Hund hinaus.

Das Klingeln, kennst du das nicht?

Aufgeregt hüpfte Otter durch den Schnee und bellte den dunklen Himmel an.

»Was ist denn da?« Emma blickte ebenfalls nach oben. Jetzt hörte sie das leise Klingeln der Schellen ebenfalls. Am abendlichen Himmel leuchteten unzählige Sterne, der Mond stand als schmale Sichel dabei. »Ist ja gut, Otter, ich höre es ja. Aber es ist doch nicht zu seh... O Mann!« Überwältigt starrte sie auf den schimmernden Sternenregen, der neben dem Mond glitzerte. »Mama, Papa, Tommi, kommt mal schnell!«, rief sie über die Schulter und schaute gleich wieder zum Himmel hinauf.

Otter bellte noch aufgeregter und tänzelte durch den Schnee.

»Was ist denn passiert?« Andrea kam zur Tür

herausgestürzt, dicht gefolgt von Tommi und Karl, die, als sie Emmas ausgestreckten Arm sahen, ebenfalls nach oben blickten.

Tommi hatte den Kopf in den Nacken gelegt und drehte sich im Kreis. »Das ist der Schlitten vom Weihnachtsmann!«

Karl legte ihm eine Hand auf die Schulter. »Das ist eine Sternschnuppe oder ein Meteoritenhagel.«

Als die Lichter am Himmel langsam verblassten, hörte auch das Klingeln auf.

Karl wandte sich zur Tür. »Bestimmt ein Meteoritenhagel. Sehr ungewöhnlich«, meinte er.

Emma und Tommi sahen einander an und schüttelten die Köpfe.

Sie wussten es besser.

»Also gibt es ihn doch«, flüsterte Emma.

Tommi nickte. »Und er hat uns unseren Weihnachtswunsch erfüllt.«

Andrea hatte sich inzwischen ebenfalls wieder zur Tür gewandt.

»Kommt wieder rein, es ist kalt.« Sie blickte sich um. »Wo ist denn Otter?«

In diesem Moment kam ein Fluch von Karl aus dem Wohnzimmer.

»Otter, nein! Nicht auf den Läufer! Du machst ja alles nass und schmutzig!«

Emma und Tommi verdrehten die Augen. »Papa!«

Wuff!

Nachspiel

»Hey, macht mal das Radio lauter!«, rief Tommi am Morgen des zweiten Weihnachtstages, als sie gemütlich beim Frühstück saßen. »Da kommt was über die Holzdiebe.«

»Tatsächlich?« Andrea stand auf und regelte die Lautstärke höher, damit sie die Nachrichten besser verstehen konnten.

»... wurden gestern Abend drei Männer im Alter zwischen vierzig und fünfundvierzig Jahren festgenommen, nachdem eine Polizeistreife auf den LKW der drei aufmerksam geworden war. Wie die Polizisten berichteten, waren ihnen Spuren des Transporters aufgefallen, und als sie ihnen, wegen des hohen Schnees zu Fuß, folgten, hörten sie ein merkwürdiges Klirren und Klingeln, das sie geradewegs zu den mutmaßlichen Holzdieben führte. Die Männer waren so überrascht, dass sie sich ohne Gegenwehr festnehmen ließen. Einer von ihnen sei verletzt, so der Sprecher der Polizei. Es handelt sich offenbar um einen Hundebiss, der sich entzündet hat, weswegen die drei Männer sich unvorsichtigerweise länger als geplant in dem Waldstück aufgehalten hatten. Inzwischen liegen der Staatsanwaltschaft bereits drei Geständnisse vor ...«

Andrea drehte den Ton wieder leiser. »Na, so was! Zum Glück seid ihr den Dieben nicht begegnet.«

»Wir nicht. Aber vielleicht Otter?«

Emma blickte auf den Hund hinab, der neben dem Küchentisch lag und hingebungsvoll an einem

Kauknochen nagte.

Als sich nun plötzlich aller Blicke auf ihn richteten, hob er verwundert den Kopf.

Was ist denn? Ich hab wirklich nichts angestellt!

»Meinst du wirklich?«, fragte Tommi.

»Könnte doch sein«, erwiderte Emma. »Denn dass er ein echter Weihnachtsheld ist, wissen wir ja.«

Ein Opa unterm Weihnachtsbaum

»Nein, Chester! Aus!«

Die drei Worte knallten wie Pistolenschüsse in meine Richtung und warfen mich beinahe um. Im Ernst, die Menschen machen sich keine Vorstellungen davon, wie weh uns Hunden laut kreischende Stimmen tun. Jedenfalls legte ich die Ohren an und ließ auch sofort die kleine Plastikpuppe fallen, die ich gerade auf dem Flurteppich hatte zerbeißen wollen. Dabei sah sie doch fast genauso aus wie die, die Herrchen Thomas mir zum Spielen gegeben hatte. Na gut, diese hier war ein bisschen kleiner und ich hatte sie in der Kiste auf dem Treppenabsatz gefunden. Wo war der Unterschied? In der Kiste lagen noch viele andere Spielsachen.

Frauchen Bettina riss die Plastikfigur an sich.

»Du Schlimmer«, rief sie. »Du hast Josef den Kopf abgebissen. Das geht doch nicht. Wie soll ich denn eine Krippe aufbauen ohne den heiligen Josef? Jetzt muss ich einen neuen besorgen.« Sie schüttelte streng den Kopf. »Noch nie ist mir ein Hund untergekommen, der so viel kaputtmacht. Hätte ich das gewusst ...« Sie brachte den Satz nicht zu Ende, sondern warf, als ich sie mit vor Schreck weit aufgerissenen Augen anstarrte, plötzlich das kopflose Plastikfigürchen beiseite und lachte los.

»Das glaubt mir kein Mensch!«, prustete sie. »Mein Hund hat den heiligen Josef gefressen! Du bist schon ein Schlimmer«, wiederholte sie.

Erleichtert, dass sie nicht mehr diese böse Stimme

hatte, legte ich mich hin und zeigte ihr meinen Bauch. Der größte Vertrauensbeweis eines Hundes.

Sie kraulte mich ein bisschen und lächelte sogar dabei. Ich liebe es, wenn Menschen mich anlächeln. Vor allem mein Frauchen.

»Du musst endlich aufhören, alles zu zerbeißen, was du findest«, sagte sie, gab mir einen Klaps und ging zurück in die Küche. Den heiligen Josef nahm sie mit. Was soll's. Ich hatte ja nun begriffen, dass ich den nicht haben durfte.

Auf das braune Gummi-Schweinchen hatte ich allerdings auch keine Lust, deshalb folgte ich ihr in die Küche. Möglicherweise gab es dort ja ein Leckerchen für mich.

Nach meiner Erfahrung muss ich in der Küche nur lange genug ausharren, um etwas zugesteckt zu bekommen. Nun ja, Erfahrung ist vielleicht ein wenig übertrieben, denn ich wohne erst seit etwas mehr als einem Monat hier. Vorher war ich im Gefängnis. Tierheim nennen die Menschen das wohl. Dort bin ich zur Welt gekommen und zwei lange Jahre musste ich warten, bis mich meine neue Familie befreit hat.

Es war nicht wirklich schlimm dort, wenn man von den öden Zwingern absieht und von dem Lärm. Immerhin durfte ich einmal am Tag mit einem unserer Wärter auf die Wiese oder in den Park. Aber hier gefällt es mir viel, viel besser. Gleich hinter dem Haus gibt es nämlich einen Garten mit großen Bäumen, die ich regelmäßig markiere. Am hinteren Zaun kann man außerdem herrlich in der Erde buddeln, auch wenn Frauchen das nicht so gerne mag und jedes Mal furchtbar schimpft. Hinter dem Zaun liegen Felder, über die ich mit Herrchen schon oft gerannt bin. Und sogar einen Bach haben wir in der Nähe, den ich manchmal zum Baden benutze.

Für dieses Hundeparadies bin ich meiner Familie sehr dankbar. Und dafür, dass sie die Ersten waren, die mich nicht ausgelacht haben, als sie mich sahen. Ich bin nämlich das, was die Menschen einen Mischling nennen. Mein Vater ist ein Schäferhund, und so sehe ich auch aus. Meine Mutter ist allerdings ein Cockerspaniel und von ihr habe ich nur eines geerbt: die großen Schlappohren. Dafür kann ich doch nun wirklich nichts, oder? Jedenfalls haben sie nicht gelacht, sondern mich auf die lange Fahrt mit in ihr Zuhause genommen. Mein Zuhause. Und weil sie das taten, habe ich beschlossen, der beste Familienhund zu werden. Sie sind jetzt *meine* Familie, *mein* Rudel.

***

In der Küche roch es merkwürdig. Süß und köstlich. Kekse! Frauchen war gerade dabei, welche zu backen. Aber da war noch etwas: Tannengeruch. Tannen in der Küche? Am Tisch neben dem Fenster saßen die beiden Kinder der Familie, Max und Maya, und hantierten mit grünen Zweigen. Genauer gesagt hantierte Max damit, denn er war der ältere, schon zehn Jahre alt. Maya war erst vier. Sie patschte ein ums andere Mal mit ihren kleinen Händen auf die Zweige und die bunten Kugeln, die ich dazwischen erspähen konnte. Neugierig, wie ich bin, stellte ich die Vorderpfoten auf Max' Stuhl und schnupperte über die Tischkante. Schließlich hatte ich noch nie erlebt, dass der halbe Wald bei uns in der Küche lag. Max lachte.

»Mama, guck mal, Chester will helfen, den Weihnachtsschmuck zu basteln.«

»Runter da, Chester«, rief Frauchen prompt, und ich ließ mich wieder auf den Boden plumpsen. »Helfen will er bestimmt nicht, eher ein Plätzchen abstauben.«

»Will ihm eins geben!«, rief Maya und grapschte erneut über den Tisch, diesmal in den Keksteller.

»Nein!« Frauchen war leider sehr streng. Enttäuscht ließ ich die Ohren hängen und legte Max den Kopf aufs Bein. Er lachte und Frauchen seufzte. »So ein Bettler.« Sie öffnete den Schrank unter der Spüle und holte einen Hundekuchen hervor.

Na bitte, besser als nichts! Während ich ihn unter dem Tisch verspeiste, lauschte ich dem Gespräch der drei, das sich um etwas drehte, dass sich Weihnachten nannte. Dieses Wort hatte ich schon gehört. Im Tierheim wurde uns an dem Tag, den die Wärter Weihnachten nannten, ein besonders leckeres Futter gegeben. Futter, dachte ich, das ist immer gut. Aber aus den Gesprächen erfuhr ich auch, dass es bei Weihnachten anscheinend um mehr als ums Schlemmen ging. Jedenfalls für meine Familie. Da war die Rede von Zweigen – die hatte ich ja schon gesehen –, von Wunschzetteln und Geschenken, von einem Baum und einer Krippe. Was das wohl zu bedeuten hatte? Es hörte sich sehr aufregend an. Bestimmt würde Weihnachten ein großer Spaß werden.

Beinahe wäre ich unterm Tisch eingeschlafen, doch Mayas helle Stimme riss mich wieder aus meinen Träumen.

»Bringt mir der Nikolaus die Minimaus?«

»Das weiß ich nicht«, antwortete Frauchen. »Die Minimaus ist ein großes Geschenk, da braucht der Nikolaus vielleicht ein bisschen Hilfe.«

»Ich will aber die Maus!«

Ich hob den Kopf. Diesen Ton kannte ich. Maya begann zu quengeln. Ich überlegte gerade, ob ich um meiner empfindlichen Ohren willen ins Wohnzimmer auswandern sollte, da schnitt Frauchen ihr bereits das Wort ab.

»Wenn du nicht lieb bist, wird der Nikolaus dir keine Maus bringen.«

»Und wenn ich lieb bin?« Nun klang Maya wieder weitaus ruhiger, aber auch ein bisschen ängstlich. Ich entspannte mich und legte den Kopf auf meine Pfoten.

Frauchen schien am Herd beschäftigt zu sein, denn es dauerte eine Weile, bis sie antwortete.

»Auch dann kann ich dir das nicht versprechen, mein Schatz. Die Minimaus ist ein großes Geschenk, da braucht der Nikolaus eine Menge Hilfe.«

»Und wenn ihm der Knecht Rupet hilft?«

»Knecht Ruprecht heißt das«, warf Max ein und

schnaubte. »Der hilft dem Nikolaus nur, die bösen Kinder zu bestrafen, das weißt du doch, du Dummerchen. Der bringt keine Geschenke, sondern eine Rute, mit der er dich dann versohlt.«

»Max!« Frauchen drehte sich zu den Kindern um. »Lass deine Schwester in Ruhe und hilf mir lieber, die Plätzchen in die Dosen zu verteilen.«

»Ich will auch helfen!«, quietschte Maya und zappelte auf ihrem Stuhl.

»Also gut, leg bitte die Schokoladenplätzchen in diese Dose.« Es raschelte und klapperte auf dem Tisch. Wie gerne hätte ich eines von den Plätzchen probiert! Doch da war nichts zu machen. Die Kinder waren bereits eifrig dabei, die süßen Leckereien auf die Dosen zu verteilen. Frauchen ging wieder zum Herd und hantierte an den Knöpfen herum.

»Wir machen gleich noch leckere Karamelbonbons«, verkündete sie. »Ihr dürft abwechselnd rühren, wenn ihr wollt.«

»Ja, ich will, ich will, ich will!«, jubelte Maya, während Max nur brummte: »Nö, keine Lust. Mama, muss ich noch weiter helfen oder kann ich raus gehen? Der Schmuck ist doch jetzt fertig.«

»Na, dann geh mal. Wir schaffen das auch zu zweit, was Maya?« Frauchens Stimme klang belustigt. Max sprang auf und wäre mir beinahe auf den Schwanz getreten. Rasch rollte ich mich unter dem Tisch zusammen, doch da traf mich auch schon eines der Stuhlbeine am Rücken, als Max den Stuhl schwungvoll an den Tisch schob. Ich gab ein empörtes »Wuff!« von mir.

»Tschuldigung, Chester«, rief er und stob aus der Küche. Wenig später ging die Haustür.

Eine Zeit lang beobachtete ich Frauchen von meinem Platz aus, wie sie Sahne und Zucker in einen Topf goss. Wenig später entströmte demselben ein herrlicher süßer Duft. Mir lief das Wasser in der Schnauze zusammen.

»Wann darf ich denn rühren?«, fragte Maya und klapperte über mir mit dem Deckel einer Keksdose.

»Gleich, mein Schatz«, antwortete Frauchen. »Sobald ich alle Zutaten im Topf habe.«

In diesem Moment geschah zweierlei: Das Telefon klingelte und die Türglocke schellte. Ich sprang erschrocken auf. Meine Güte, da hatte ich mich derart von den süßen Düften einlullen lassen, dass ich gar nicht mitbekommen hatte, wie jemand aufs Grundstück gekommen war! Das durfte mir doch nicht passieren. Mit einem extra dunklen und gefährlich klingenden »Wuff! Wuff!« schoss ich unter dem Tisch hervor. Dabei riss ich beinahe einen der Stühle um.

»Ach herrje!«, rief Frauchen und zog rasch den Topf von der heißen Herdplatte. Das Telefon bimmelte weiter. »Maya, bleib mal einen Moment sitzen, ja? Ich bin gleich wieder da.« Frauchen eilte aus der Küche, schnappte sich das Telefon, und während sie zu reden begann, öffnete sie die Haustür. Ich folgte ihr auf dem Fuß. Ein Mann mit einem großen Koffer stand vor der Tür und faselte etwas von Staubsaugern. Ich knurrte ihn grollend an. Er roch so komisch.

»Ruhig, Chester.« Frauchen strich mir kurz über den Kopf. »Was? Nein, da steht ein Vertreter vor der Tür und der Hund hat ihn angeknurrt«, sagte sie ins Telefon und lachte dann. »Na, ich weiß nicht. Einen Einbrecher würde er vielleicht freundlich begrüßen, solange der ein Leckerchen dabei hätte. Ich ruf dich zurück, meine Liebe.«

Frauchen legte das Telefon beiseite und sprach nun mit dem Mann an der Tür. Da er doch keine Bedrohung darstellte, trollte ich mich wieder in die Küche.

Maya saß mittlerweile nicht mehr am, sondern unter dem Tisch. In der Hand hielt sie ein angebissenes Schokoplätzchen. Ich beschnüffelte sie kurz und sie lachte. Zum Dank bekam ich von ihr das schon ein bisschen angeweichte Plätzchen in die Schnauze geschoben. Na ja, besser als nichts. Und trotzdem sehr lecker. Ich stupste sie an und sie kroch unter dem Tisch hervor. Frauchens Stimme drang noch immer aus dem Flur, ab und zu unterbrochen von dem Mann, der ihr offenbar etwas erklären wollte. Ich legte mich wieder hin und genoss den leichten Nachgeschmack des Plätzchens auf meiner Zunge, während Maya auf ihrem Stuhl herumturnte. Plötzlich drang ein merkwürdiger Geruch an meine Nase. Scharf und beißend, irgendwie ... angebrannt! Ich sprang auf und machte eine Runde durch die Küche, um der Quelle des Gestanks auf den Grund zu gehen. Er schien vom Herd zu kommen. Just in diesem Moment schob Maya ihren Stuhl quer durch die Küche, bis er gegen eben diesen stinkenden Herd knallte. Ich wurde unruhig, sprang am Herd hoch und schnüffelte. Maya lachte. Eine der Herdplatten glühte rot und heiß. Erschrocken fuhr ich zurück und bellte.

»Chester, was machst du denn für einen Lärm?«, rief Frauchen aus dem Flur, kam aber nicht, wie erhofft, zurück in die Küche. Nun kletterte Maya auch noch auf den Stuhl.

»Will rühren helfen«, zwitscherte die Kleine. Noch einmal bellte ich, diesmal lauter und eindringlicher. Maya beugte sich über die Stuhllehne und streckte ihre Händchen nach dem Topf aus.

»Rühühüren«, sang sie, konnte aber den Topf mit ihren kurzen Ärmchen nicht erreichen. Als ich sah, wie sie sich noch weiter vorbeugte und sich mit der Hand auf der glühenden Platte abstützen wollte, musste ich handeln. Mit einem Satz sprang ich gegen sie und schubste sie vom Stuhl. Sie schrie auf und hielt sich an der Stuhllehne fest. Als sie zu Boden fiel, riss sie den Stuhl polternd mit sich. Wieder bellte ich. Maya heulte auf. Der Stuhl war halb auf ihr gelandet.

»Um Himmels willen!« Frauchen kam in die Küche gestürzt. »Was ist denn hier passiert?« Sie rannte zu Maya und hob sie vom Boden auf. Die Kleine kreischte. Ich bellte weiter. So erleichtert war ich, dass sie sich nicht verbrannt hatte, dass ich mich gar nicht mehr beruhigen konnte. Außerdem glühte die Herdplatte noch immer.

»Chester hat mich uhuhumgeschmihissen!«, brüllte Maya.

»Chester, was fällt dir ein?« Frauchen klang böse. Ihr Gesicht war wutverzerrt. »Du hast Maya angegriffen? Raus mit dir!« Sie wies auf die Tür. Aber ich konnte doch nicht einfach rausgehen! Merkte sie denn nichts?

»Raus!«, befahl sie noch einmal und ich verstummte, wich erschrocken zurück und klemmte den Schwanz zwischen die Beine, als sie den Stuhl aufhob und wie eine Waffe in meine Richtung schob.

»Entschuldigen Sie.« Der Mann von der Haustür trat in die Küchentür. »Oje, was ist denn hier passiert?« Sein Blick wanderte von der kreischenden Maya zu mir und dann weiter zum Herd.

»Schalten Sie den Herd aus! Die Platte glüht ja schon!«, rief er plötzlich und eilte selbst zum Herd. Er drehte an einem der Knöpfe. »Das hätte einen Brand geben können.«

»O mein Gott!« Mitsamt Maya ließ Frauchen sich auf den Stuhl sinken. »Ich habe vergessen, den Herd abzuschalten, als es an der Tür schellte.«

Nachdem die Gefahr jetzt gebannt war, setzte ich mich in einiger Entfernung hin. Frauchen beruhigte Maya, die sich anscheinend nicht verletzt, sondern nur sehr erschreckt hatte. Dann fiel ihr Blick auf mich. Diesmal zum Glück nicht so furchtbar böse.

»Chester«, murmelte sie und streckte eine Hand nach mir aus. Vorsichtshalber blieb ich aber sitzen und rührte mich nicht. »Du hast Maya vor der heißen Herdplatte schützen wollen.« Sie drückte ihr Gesicht in Mayas Haare. »O mein Gott«, wiederholte sie. »Mein Hund ist ein Held.« Sie winkte mir, und vorsichtig ging ich auf sie zu, den Schwanz noch immer eingezogen. Mit einem Arm umklammerte sie Maya, mit der anderen Hand strich sie mir sanft über den Kopf. »Ein richtiger Held«, wiederholte sie und zog mich an sich. »Das hast du gut gemacht, Chester.«

Erleichtert sprang ich an ihr hoch und leckte erst ihr, danach Maya übers Gesicht. Mit einem leisen Lachen drückte sie mich noch einmal an sich, und das fühlte sich wahnsinnig gut an.

***

Am Abend wurde ich noch einmal ausführlich gelobt und liebkost, als nämlich Herrchen nach Hause kam und von der aufregenden Geschichte erfuhr. Die Sache mit dem angebissenen heiligen Josef fand er allerdings nicht so gut. Als die Kinder im Bett waren, legte ich mich im Wohnzimmer zu Füßen von Frauchen und Herrchen. Sie hatten den Fernseher eingeschaltet, achteten aber nicht auf das Programm, sondern kuschelten sich aneinander und unterhielten sich.

»Schatz, ich habe mich erkundigt. Der Mann aus der Unteren Straße ist tatsächlich Georg Plaidt.«

»Vater.« Frauchen richtete sich abrupt auf und stieß mir dabei versehentlich den Fuß in den Bauch. »Dann habe ich also richtig gesehen. Mussten wir ausgerechnet in dem Ort ein Haus kaufen, in dem er wohnt?!«

»Bettina, beruhige dich. Das konnten wir doch nicht wissen. Aber möglicherweise ist das auch ein Zeichen, dass es Zeit wird, euch auszusprechen.«

»O nein«, brauste Frauchen auf und ich knurrte leise, wurde jedoch nicht beachtet. »Niemals wieder will ich etwas mit ihm zu tun haben. Er hat nach Mamas Tod alles Geld genommen und uns im Stich gelassen. Dafür soll er ...«

»Ist ja schon gut, Schatz.« Herrchen schlug einen beruhigenden Ton an und zog sie an sich. »Ich weiß ja, was damals passiert ist. Trotzdem müssen wir uns irgendwann damit auseinandersetzen. Schon der Kinder wegen. Aber ...«, er hielt inne und gab ihr einen Kuss, »nun erzähl mir lieber, ob Max und Maya mittlerweile ihre Wunschzettel endlich fertig haben.«

Frauchen seufzte und entspannte sich etwas.

»Jeden Tag kommen neue Wünsche dazu«, murmelte sie. »Maya hat sich diese Plüschmaus in den Kopf gesetzt. Sie will sie unbedingt zu Nikolaus haben. Alles andere scheint mittlerweile unwichtig zu sein.«

»Wenn sie nur diesen einen Wunsch zu Nikolaus hat, ist es doch nicht so schlimm.«

»Weißt du, was diese Dinger kosten?«, widersprach sie. »Selbst als Weihnachtsgeschenk wäre das schon fast zu viel. Und zu Weihnachten bekommt sie immerhin schon das Puppenhaus.«

»Und was hast du ihr gesagt?«

»Dass der Nikolaus so ein großes Geschenk wahrscheinlich nicht allein beschaffen kann.«

Herrchen lachte leise. »Na, dann lass uns sehen, ob wir dem Nikolaus nicht helfen können.«

»Und wie, bitte schön?«, wollte Frauchen irritiert wissen. Wieder lachte er. »Wir schauen mal bei eBay. Vielleicht können wir diese Maus irgendwo günstig ersteigern.«

Er schaltete den Fernseher aus und die beiden verließen das Wohnzimmer. Ich blieb vor der Couch liegen und dachte nach. Was mochte so schwierig daran sein, eine Maus zu beschaffen? Die Katze der Nachbarin schleppte dauernd welche an. Richtig geschickt war sie darin, die kleinen Fellbällchen zu fangen. Allerdings waren die Mäuse meistens schon tot, wenn Minka sie ihrer Familie auf die Türschwelle legte. War das das Problem? Musste die Maus für Maya noch leben? Und was hatte dieser fremde Mann, dieser Nikolaus damit zu tun? Ich dachte scharf nach. Möglicherweise konnte er auch nur tote Mäuse bringen, brauchte also jemanden, der ihm half, eine lebende Maus zu fangen? Und noch dazu eine, die besonders groß war? Hatte Frauchen das nicht heute schon mehrmals gesagt, dass die Maus ein großes Geschenk sei? Verstehe einer die Menschen. Aber wenn Maya eine große, lebende Maus wollte, konnte ich vielleicht dem Nikolaus-Mann helfen. Gleich morgen früh würde ich nach Minka Ausschau halten und sie bitten, mir eine Maus zu fangen. Da ich mich recht gut mit ihr verstand, würde sie mir diesen Gefallen bestimmt tun.

Mit dem beruhigenden Gedanken, dass ich meiner

Familie schon wieder so gut würde helfen können, schlief ich ein.

***

»Eine lebende Maus willst du haben?«, fragte Minka mich am folgenden Morgen erstaunt, als ich sie unter dem Flieder aufspürte. Dort lauerte sie auf die Meisen, die um das kleine Vogelhäuschen in unserem Garten schwirrten. »Noch nie habe ich gehört, dass Menschen Mäuse haben möchten.«

»Meine Menschen schon. Und du schenkst deinen Leuten doch auch immer welche.«

»Das ist was anderes«, sagte sie mit sanfter Stimme. »Das sind Geschenke, die ich ihnen aus Dankbarkeit mache, weil sie so gut für mich sorgen. Und diese Mäuse sind auch immer schon tot.«

»Ich weiß«, antwortete ich. »Ist es denn schwierig, eine Maus zu fangen und dann lebendig ins Haus zu bringen?«

Minka putzte sich geziert eine Pfote. »Nicht wirklich«, antwortete sie. »Sie zappeln ein bisschen, das ist alles. Und ich weiß nicht, ob du geschickt genug bist, eine Maus lange genug festzuhalten, ohne ihr das Genick zu brechen.«

»Na hör mal!« Ich schüttelte mich zwar bei dem Gedanken, tat aber entrüstet. »Das kann doch nicht so schwer sein.«

»Wir werden sehen.« Minkas Stimme klang amüsiert. »Bis wann brauchst du die Maus?«

»So bald wie möglich, schätze ich.«

»Dann treffen wir uns morgen um die gleiche Zeit wieder hier«, bestimmte sie. »Ich bringe das gewünschte Tierchen mit.«

Sie wandte sich um und stolzierte mit würdevoll erhobenem Schwanz davon. Die Meisen stoben bei ihrem Anblick erschrocken auseinander.

***

Wie versprochen brachte Minka am folgenden Morgen ein dickes graues Mäuschen mit. Und sie behielt recht; ich hatte so meine Probleme, diese winzige Portion zu packen, ohne sie zu zerquetschen. Erst versuchte ich, sie am Schwanz zu tragen, doch dabei wäre sie mir beinahe entwischt. Also schob Minka sie mir ganz in die Schnauze. Die Maus fiepte und zappelte, aber bis zur Küche würde es wohl gehen.

Frauchen deckte gerade den Frühstückstisch, Max kippelte auf seinem Stuhl und Maya half ihrer Mutter, indem sie Tassen und Teller einzeln von der Anrichte zum Tisch trug. So beachteten sie mich erst mal überhaupt nicht. Als ich Maya vorsichtig mit der Nase anstupste, lachte sie nur, ließ sich jedoch nicht aufhalten. Ich schüttelte mich und verspritzte dabei versehentlich ein paar Speicheltropfen. Kein Wunder, denn die Maus wand sich in meiner Schnauze wie ein Wurm. Ich konnte sie kaum noch halten. Deshalb knurrte ich kurz und stellte mich Maya noch einmal in den Weg.

»Nich', Chester«, sagte sie. Doch wenigstens wurde Max auf mich aufmerksam.

»Mama, Chester hat da was in der Schnauze », sagte er. »Ich glaube, das ist eine Maus.«

»Was, eine Maus?«, rief Frauchen erschrocken.

Endlich, dachte ich und spuckte die Maus direkt vor Mayas Füße. Das Tierchen war völlig durchgeweicht und blieb verschreckt an Ort und Stelle liegen.

»Iiih!«, quietschte Maya. »Maus, Mama! Chester hat ‚ne Maus gespuckt! Guck mal!« Sie wollte die Maus anfassen, doch Frauchen hielt sie zurück.

»Nicht! Die kann Krankheiten übertragen«, schimpfte sie. »Wir müssen sie rausbringen. Chester!« Nun blickte sie mich böse an. »Seit wann fängst du Mäuse? Pfui! Wie eklig.«

In diesem Moment erwachte das Mäuschen aus seiner Erstarrung und begann zu laufen, so schnell es konnte.

»Mama, sie rennt weg!«, schrie Max und sprang auf. »Fang sie!«

»Ach Gottchen.« Frauchen schnappte sich ein Küchentuch von der Spüle und nahm die Verfolgung auf. Max und Maya stürzten hinter ihr her. Die Maus flitzte quer durch die Küche und suchte zunächst Schutz unter dem Tisch. Als Frauchen das Tuch nach ihr warf, huschte sie jedoch weiter bis zum Kühlschrank und von dort aus an der Spüle entlang bis zur Tür.

»Schnapp sie, schnapp sie!«, brüllte Max begeistert und ich legte die Ohren an und bellte. So einen Lärm musste er doch nun wirklich nicht machen.

Interessiert beobachtete ich, wie alle drei hinter der Maus her hechteten. In dem Moment kam Herrchen herein.

»Was ist denn hier los?«

»Pass auf, sonst rennt sie in den Flur!«, rief Frauchen, doch zu spät. Die Maus war durch den Türspalt entwischt. Max und Maya hinter ihr her. Frauchen richtete sich seufzend auf.

»Chester hat eine Maus hereingeschleppt« Sie warf mir erneut einen strafenden Blick zu. Ich wedelte vorsichtshalber leicht mit dem Schwanz. Warum nur diese Aufregung? Sie wollte doch eine Maus für Maya. Und die Kleine schien sich richtig zu freuen. Ich hörte sie im Flur kichern und quietschen.

»Eine lebende Maus?«, hakte Herrchen schmunzelnd nach. »Zum Wachhund taugt er nicht, aber so was kann er. Vielleicht war er im Tierheim zu oft mit Katzen zusammen.« Er grinste.

Ich hingegen fand das gar nicht lustig. Herrchen ging zum Küchenschrank und holte ein leeres Glas mit Deckel hervor. »Mal sehen, ob ich genauso geschickt bin«, sagte er und ging in den Flur. Maya und Max kamen zurück in die Küche. Gespannt warteten wir alle und tatsächlich kam Herrchen wenig später mit der Maus im Glas zurück. »Seht ihr, mit weniger Aufregung schafft man das ganz leicht. Das arme kleine Tierchen ist ja ganz verschreckt.« Wieder grinste er.

»Ich werde sie am Waldrand aussetzen.« Er trug das Glas hinaus. Ich sprang verblüfft auf. Was sollte denn das? Bellend rannte ich hinter ihm her. Da hatte ich mir so viel Mühe gegeben, die Maus zu fangen – na ja, Minka hatte die Mühe gehabt – und jetzt wollte er sie wieder freilassen? Und was war mit Maya und dem Nikolaus-Mann?

»Du bleibst hier, Chester!«, befahl Frauchen. Ich trottete mit hängendem Schwanz zurück in die Küche. Streng wies sie auf die Zimmerecke, und ich ließ mich dort still nieder. Ganz klar, ich hatte irgendwas falsch gemacht. Nur was?

***

Ich kam auch in den folgenden Tagen nicht dahinter. Auch nicht, als Maya eines Morgens jubelnd einen von Herrchens Winterstiefeln in die Küche schleppte und mit der anderen Hand ein unförmiges pinkfarbenes plüschiges Etwas hinter sich herschleppte. Den Stiefel leerte sie mitten auf dem Küchenboden aus. Lauter Süßigkeiten, Nüsse und Mandarinen kullerten umher. Doch sie beachtete sie nicht, sondern beschäftigte sich singend und lachend mit dem komischen Ding.

»Minimaus, Minimaus«, rief sie begeistert und drückte das Ding an sich. Ich ging vorsichtig näher und schnüffelte daran. Wie eine Maus roch das nicht. Es war auch viel zu groß und hatte riesige abstehende Ohren. Ich verzog mich in meine Ecke. Nun verstand ich wirklich die Welt nicht mehr. Wo, bitte, hätte ich auch so ein Vieh fangen sollen?

Ich beschloss, in Zukunft noch genauer aufzupassen, wenn meine Menschen sich etwas wünschten. Solch ein Missverständnis würde es nicht mehr geben.

***

Zwei Wochen später, an einem kalten, windigen Nachmittag, wollten Herrchen und Frauchen mit der ganzen Familie einen Ausflug machen. Die Kinder wurden in dicke Jacken und Mützen gesteckt und ins Auto verfrachtet. Ich durfte hinten im Kofferraum Platz nehmen.

Herrchen steuerte den Wagen durchs Dorf. Hier war ich schon ein paarmal mit Max spazieren gegangen.

»Vielleicht treffen wir Jannik«, sagte Max. »Er hat erzählt, er geht jedes Jahr mit seinem Opa zum Weihnachtsbaum-Schlagen.« Einen Moment lang schwieg er, dann sprach er nachdenklich weiter: »Jannik sagt, mit seinem Opa macht das immer ganz viel Spaß. Und hinterher gehen sie noch ins Gasthaus und trinken heiße Schokolade. Jannik sagt, sein Opa ist total cool und macht immer tolle Witze.« Wieder hielt Max inne. »Ich hätte auch gern so einen coolen Opa.«

Ich hob aufhorchend den Kopf. Herrchen und Frauchen sahen sich kurz an.

»Max, du weißt doch, dass Papas Eltern nicht mehr leben und meine Mutter auch nicht.« Frauchen drehte sich zu ihm um und lächelte ihn an. Doch Max hob nur die Schultern. »Und dein Vater?

Wo ist der?«

Sie zog die Stirn in Falten und hörte auf zu lächeln. »Er ist ... nicht da. Schatz, wir können doch auch zusammen eine heiße Schokolade trinken gehen.«

»Das ist aber nicht dasselbe«, maulte Max. »Ich versteh' nicht, warum er einfach weg ist. Ich will auch einen Opa.«

Mittlerweile lauschte ich noch angestrengter. Max wollte also einen Opa?

Frauchen seufzte ungeduldig. »Hör zu, Max, ich kann es nicht ändern. Und ich kann dir auch keinen Opa unter den Weihnachtsbaum legen. Viele Kinder haben keinen Opa.«

»Aber ...«

»Max!«, ermahnte Herrchen streng und der Junge schluckte seinen Kommentar hinunter. Schmollend blickte er aus dem Fenster.

Als die Häuser aufhörten und der Wald anfing, hielt Herrchen das Auto an und scheuchte uns alle hinaus.

»Wollen doch mal sehen, ob wir nicht einen tollen Weihnachtsbaum kriegen!«, rief er betont gut gelaunt und befestigte die Leine an meinem Halsband. Alle zusammen stapften wir los, in den Wald hinein. Max' Laune schien sich sofort wieder zu bessern, denn er rannte mit einem Juchzen voraus.

Von Weitem schon waren Stimmen zu hören und gleich darauf trafen wir auf eine Gruppe von Menschen, die sich in einer Tannenschonung zu schaffen machten. Ich schnüffelte begeistert. Wo so viele

Leute sind, gibt es immer eine Menge interessante Gerüche. Herrchen zog mich aber einfach weiter.

»Die sind zu klein«, sagte Max gerade. »Da hinten sind größere.«

Größere was? Ich sah mich neugierig um und staunte. Die Leute sägten einfach kleine oder größere Tannenbäume ab und brachten sie weg. Auch Frauchen trug eine Säge in der Hand. Was wollten sie denn bloß mit einer Tanne?

Von Baum zu Baum zerrten sie mich, doch anscheinend war keiner gut genug. Zu groß, zu klein, zu breit, zwei Spitzen. Irgendwann gab ich es auf, einen Sinn darin zu sehen, und trottete einfach hinter ihnen her.

Max' Worte gingen mir nicht mehr aus dem Sinn. Er wollte einen Opa. Leider konnte ich mir nicht vorstellen, was ein Opa überhaupt war. Das Wort kannte ich nicht. Aber nach dem Malheur mit der Maus wollte ich kein Risiko eingehen. Ich musste erst einmal herausfinden, um was es sich genau handelte. Nach dem, was ich aus dem Gespräch heraus verstanden hatte, konnte es sein, dass es sich bei einem Opa um einen Menschen handelte. Das wäre allerdings nicht so gut, denn ich konnte ja nicht einmal eine Maus alleine fangen. Und außerdem war es auch bestimmt wieder so ein ganz besonderer Mensch, so wie der Nikolaus-Mann. Nein, wahrscheinlich war es sinnlos. Einen Opa konnte ich nicht beschaffen.

Nach langem Hin und Her fand meine Familie doch einen Baum, der allen gefiel. Sie sägten ihn ab und schleiften ihn zum Auto. Herrchen hob ihn aufs Dach und zurrte ihn mit einer Leine fest.

»Na kommt, lasst uns auch noch kurz ins Gasthaus gehen.«

»Da kann Chester aber nicht mit«, warf Frauchen ein. »Du weißt doch, wie die Wirtin ist. Sie mag keine Hunde.«

»Ich will Schokolade, ganz viel!«, quengelte Maya.

»Für die kurze Weile lassen wir ihn im Auto«, beschloss Herrchen. Er öffnete den Kofferraum und befahl mir hineinzuspringen. Hinter mir warf er die Klappe wieder zu, öffnete er die hintere Tür und drehte die Fensterscheibe einen Spalt weit herunter.

»Wir sind bald wieder da, Chester.« Als ich den Kopf über die Rückbank streckte, tätschelte er meinen Kopf, dann schloss er die Tür und die vier gingen davon. Das machten sie manchmal, wenn sie mich mit zum Einkaufen nahmen. Oft brachten sie mir von solchen Ausflügen ein Leckerchen mit. Ich rollte mich im Kofferraum zusammen und beschloss, bis zu ihrer Rückkehr ein Nickerchen zu machen.

***

Laute Stimmen weckten mich. Ein Stück vom Auto entfernt standen mehrere Halbwüchsige um ein Mofa herum und lachten grölend. Ich hob den Kopf und beobachtete sie. Da sie aber nur herumstanden, wurde mir das rasch langweilig. Ich wollte gerade wieder einschlafen, als sich die Tonart der Stimmen plötzlich änderte. Sie wurden unangenehm und gehässig.

»He, Opa, was wackelst du denn so alleine hier rum? Willste etwa die Vögel füttern?«

Mein Kopf fuhr ruckartig in die Höhe. Nur ein Wort hatte ich gehört: Opa! Ich sprang auf und presste meine Nase an die Seitenscheibe. Die Jungen hatten einen älteren Herrn eingekreist. Einer von ihnen schubste den Mann unsanft an der Schulter.

»Gib mal her, wir wollen die Vögelchen auch füttern!«, grölte ein anderer und entriss dem Alten eine Plastiktüte, schüttelte sie und ließ den Inhalt – tatsächlich Vogelfutter – zu Boden rieseln.

»Was soll denn das? Ihr könnt doch nicht einfach ...« Die Stimme des Mannes zitterte leicht. Diesen Klang kannte ich. Er hatte Angst. Mir stellten sich die Nackenhaare auf, als der Schubser lachte: »Haste noch mehr Sachen dabei, Opa?«

Wieder dieses Wort! War dieser Mann ein Opa? So einer, wie Max ihn gerne haben wollte? Und diese Bengels ärgerten ihn und machten ihm Angst? Das ging nicht an. Ich knurrte, doch das schienen sie gar nicht zu hören. Sie schubsten den Mann weiter herum, der nun mit lauterer Stimme protestierte. Das machte mich wütend. Ich ließ mein tiefstes, gefährlichstes Grollen hören. Dann bellte ich: einmal, zweimal. Endlich wurden sie aufmerksam und blickten zu mir herüber. Ich fletschte die Zähne, knurrte erneut und bellte erneut, sprang über die Rückbank und presste meine Nase an den Fensterspalt, den Herrchen mir offengelassen hatte.

»Was hat der denn?«, fragte einer der Kerle verblüfft und trat näher zu mir. Mit hochgezogenen Lefzen kläffte und grollte ich ihn an, dass er erschrocken den Rückzug antrat.

»Der ist bissig, was?«, Einer seiner Kumpels grinste, hielt sich jedoch vorsichtshalber im Hintergrund.

»Ist das deiner, Opa?«, fragte der Schubser, anscheinend der Anführer der Gruppe. »Der ist aber verdammt hässlich. Für die Ohren brauchst du ja ‚nen Waffenschein.« Er gab seinen Freunden einen Wink. »Kommt, bevor der Alte den Köter noch freilässt.« Der Anführer sprang auf das Mofa und knatterte davon, seine Freunde folgten ihm zu Fuß. Ich knurrte noch immer. Erst als sie außer Sichtweite waren, beruhigte ich mich. Der ältere Mann stand noch immer am selben Fleck. Zuerst schaute er in die Richtung, in die die Halunken verschwunden waren, dann zu mir. Ein freundliches Lächeln verzog seine Mundwinkel. Vorsichtig trat er näher. Ich ließ mich auf mein Hinterteil plumpsen und legte den Kopf auf die Seite.

»Du hast sie verjagt, was?« Sein Lächeln wurde noch breiter. »So ein guter Hund.« Er trat noch näher ans Auto und hob langsam die Hand an den Fensterspalt. Ich schnüffelte ausgiebig daran und wedelte zum Zeichen, dass ich ihn mochte, heftig mit dem Schwanz. »Bist ein feiner Kerl. Ich wünschte, ich hätte einen Hund wie dich. Dann würden mich diese Burschen ein für alle Mal in Ruhe lassen. Mit leichtem Bedauern blickte er auf das am Boden verstreute Vogelfutter. Die Tüte lag zerrissen daneben. »Da werde ich wohl eine neue Tüte holen müssen. Vielleicht bringe ich dir ein Leckerchen mit.« Er hob noch einmal die Hand, drehte sich um und stapfte davon. Erschrocken sprang ich auf. Was nun? Ich konnte ihm doch nicht folgen. Angestrengt blickte ich ihm nach, bis er um eine Häuserecke verschwand. Die Richtung musste ich mir merken, ebenso wie seinen Geruch. Der Mann gefiel mir. Das wäre doch der richtige Opa für Max, dachte ich. Nur, wie ich ihn unter den Weihnachtsbaum legen sollte, konnte ich mir beim besten Willen nicht vorstellen. Und davon hatte Frauchen schließlich gesprochen, nicht wahr? Mit einem Knochen oder meinem Gummischweinchen ging das ja, aber mit einem Opa? Das würde ein hartes Stück Arbeit werden, vor allem, weil ich auch nicht wusste, was ein Weihnachtsbaum war.

Gerade als ich begann, mir einen Plan zurechtzulegen, kam meine Familie zum Auto zurück. Ich wurde wieder in den Kofferraum gescheucht, die Kinder kletterten auf die Rückbank und wenige Augenblicke später waren wir auf dem Heimweg. Wir fuhren glücklicherweise genau in die Straße, in der der Opa verschwunden war. Ich blickte angestrengt aus dem Fenster, doch er war nirgends zu sehen. Erst, als wir die Straße schon ein gutes Stück weit gefahren waren, meinte ich, ihn in der Ferne aus einem Hauseingang treten zu sehen.

Ganz sicher war ich aber nicht, denn auf die Entfernung sehen die Menschen alle ziemlich gleich aus.

Den Baum auf dem Autodach hatte ich mittlerweile ganz vergessen. Umso verblüffter war ich, als Herrchen ihn doch tatsächlich mit ins Haus nahm. Er steckte ihn in einen Metallständer und stellte ihn ins Wohnzimmer an die Wand neben der Couch. Dort lag normalerweise ich, wenn die Familie zusammensaß und fernsah. Misstrauisch beäugte ich die Tanne.

»Komm, Chester!«, forderte Frauchen mich auf. »Lass den Weihnachtsbaum in Ruhe. Den müssen wir später noch schmücken.«

Aha, die Tanne war der Weihnachtsbaum. Die Frage wäre also beantwortet. Aber schmücken? Meine Menschen wurden mir immer rätselhafter.

Am frühen Morgen des folgenden Tages erfuhr ich endlich, um was es ging. Herrchen und Frauchen schleppten Kartons herein, in denen Maya und Max sofort begeistert zu wühlen begannen. Sie zogen zunächst eine verknäuelte Lichterkette hervor, die so ähnlich aussah wie die Dinger, die seit Wochen an all unseren Fenstern blinkten. Nur war diese länger, und die Lämpchen sahen aus wie die Kerze, die ich neulich verspeist hatte. Herrchen brauchte eine Weile, bis er die Kette entwirrt hatte und er murrte dabei, dass er dieses Jahr daran denken würde, sie gleich ordentlich wegzupacken.

Ich legte mich in sicherer Entfernung von der

Tanne zwischen zwei Sessel und beobachtete, wie Frauchen ihm half, die Lämpchen an den Zweigen des Baumes zu verteilen. Das schien ihnen Spaß zu machen, denn sie lachten immer wieder. Maya wollte auch helfen, doch als sie den Tannennadeln zu nah kam, quietschte sie empört.

»Die pieksen, Mama.«

»Das hab ich dir doch gesagt, Kleines.« Frauchen lächelte nachsichtig. »Hol doch schon mal die Kiste mit den roten und goldenen Kugeln aus dem Karton. Und Max, du kannst die versilberten Tannenzapfen verteilen.«

»Aber gleichmäßig«, ermahnte Herrchen. »Letztes Jahr hatte der Baum nur auf der linken Seite Zapfen.«

»Dafür waren auf der rechten Seite die Glöckchen.« Wieder lachte Frauchen.

Staunend sah ich dabei zu, wie der Baum immer bunter wurde. Farbige Kugeln, silberne Zapfen, bemalte Glöckchen und dergleichen mehr wanderten in die Äste. Frauchen befestigte einen goldenen Stern an der Spitze der Tanne.

Nun musste ich doch mal näher herangehen. Ich setzte mich direkt vor den Baum und betrachtete ihn andächtig.

»Na, Chester, gefällt dir der Baum?« Max kraulte mich hinter dem Ohr.

»Kann ich jetzt das Lametta?«, trillerte Maya und zerrte eine Tüte aus dem Karton.

»Na gut.« Frauchen nahm ihr den Beutel ab, griff hinein und zog ein mit Küchentuch umwickeltes

Bündel hervor. Was war das denn schon wieder? Lauter silbrig glänzende Fäden, die leise knisterten. Maya bekam eine Handvoll, ebenso Max und den Rest nahm Herrchen. Zu dritt verteilten sie die Fäden zwischen den Kugeln, Zapfen und Glöckchen.

Frauchen machte sich inzwischen an der zweiten Kiste zu schaffen und holte ein kleines Holzhäuschen hervor. Nachdem sie es mit einem Tuch abgestaubt hatte, stellte sie es auf einen kleinen Tisch neben dem Baum.

»Ich hoffe, Chester geht nicht wieder an die Krippenfiguren«, brummelte sie und stellte die kleinen Püppchen in das Häuschen. »Ein geköpfter heiliger Josef reicht mir.«

Doch die Figürchen interessierten mich wenig. Viel anziehender war dieses silbrige Zeug. Maya hatte etwas davon zu Boden fallen lassen. Ich ging hin und schnüffelte daran. Es roch leicht metallisch. Das war interessant. Gerade als ich vorsichtig daran lecken wollte, zog Herrchen mich mit einem Ruck am Halsband zurück.

»Nicht, Chester. Pfui! Das Lametta darfst du nicht fressen, davon kriegst du Darmverschlingung oder weiß ich, was.« Hastig sammelte er die Lamettareste zusammen und warf sie in die Tüte zurück.

»Was ist Darmvaschingung?«, wollte Maya wissen.

Max grinste. »Da verknotet sich der Magen und dann muss Chester schrecklich kotz...«

»Max!« Herrchen knuffte ihn in den Arm und wandte sich gleichzeitig an Maya: »Von Lametta kann Chester sehr krank werden. Pass also auf, dass er es nicht frisst, ja?«

Maya nickte mit ernstem Gesicht. »Ich will nicht, dass Chester krank wird und Darmvaschingung kriegt und kotzen muss.«

Herrchen verdrehte die Augen und seufzte. An der Krippe hörte ich Frauchen glucksen.

»Das wollen wir alle nicht«, sagte sie. »Und nun packt die Kartons weg. Ich schließe das Wohnzimmer ab, bis das Christkind heute Abend kommt.«

»Aber wie kommt das Christkind denn durch verschlossene Türen?«, witzelte Max, bekam jedoch nur einen erneuten Knuff gegen den Arm.

»Los jetzt, raus mit euch!« Herrchen trug die Kisten hinaus. »Chester, komm!«

Ich warf noch einen letzten Blick auf den sonderbaren Baum, dann trottete ich hinter den anderen her in die Küche.

In mir arbeitete es. Jetzt, wo der Weihnachtsbaum da war, musste ich mir schleunigst überlegen, wie ich den Opa herschaffen und darunterlegen konnte.

Am späten Nachmittag kam mir schließlich die rettende Idee.

Die Kinder waren oben in ihren Zimmern. Herrchen und Frauchen saßen in der Küche und wickelten Gegenstände und kleine Kartons in buntes Papier. Draußen wurde es bereits dunkel, aber niemand hatte daran gedacht, mit mir den üblichen Spaziergang zu machen. So langsam musste ich aber wirklich raus, deshalb stupste ich Herrchen mehrmals mit der Nase ans Bein, jaulte leise und lief zwischen Küche und Haustür hin und her.

»Was hast du, Chester?«

Ich jaulte erneut leise, woraufhin Frauchen sich gegen die Stirn schlug. »Thomas, der Hund muss bestimmt mal raus. Aber wir sollten uns mit dem Einpacken der Geschenke beeilen. Lass ihn doch rasch in den Garten.«

»Das wird ihm aber nicht gefallen, was alter Junge?« Herrchen stand auf, ging mit mir zur Tür und öffnete sie. »Es ist kalt draußen, Bettina«, rief er über die Schulter, während ich mich durch den Türspalt drückte. »Möglicherweise wird es heute Abend noch schneien.«

»Hast du auch das Gartentor geschlossen?«, hörte ich sie antworten. »Nicht, dass Chester uns noch wegläuft.«

Genau das hatte ich vor.

»Aber ja.« Herrchen nickte mir zu und gab mir damit das Kommando, allein in den Garten zu gehen. »Er wird bei dem Wetter sowieso nicht lange draußen bleiben wollen.«

Ich drehte mich um und lief die Stufen hinunter. Zuerst erleichterte ich mich an der Birke neben dem Gartentor. Es war tatsächlich verschlossen. Wie ärgerlich. Und über den Zaun konnte ich auch nicht springen, der war zu hoch. Einmal, ganz zu Anfang meiner Zeit hier, hatte ich es versucht und mir dabei fast ein Ohr abgerissen, als es zwischen zwei Latten hängenblieb. Aber hinter dem Haus gab es bucklige Stellen am Zaun, und an einer hatte ich vor längerer Zeit angefangen zu buddeln. Vielleicht gelang es mir, so viel Erde wegzugraben, dass ich unter dem Zaun hindurchkriechen konnte.

Ich begann unverzüglich mit der Arbeit. Die Erde spritzte wild in alle Richtungen.

»Was machst du denn da?«

Als ich hochblickte, stand auf der anderen Zaunseite Minka und beobachtete mich.

»Wonach sieht es denn aus?«, gab ich zurück.

»Willst du ausbüchsen?«

»Ich hab was zu erledigen.«

Minka trat näher an den Spalt unter dem Zaun, den ich freigelegt hatte, machte sich ganz platt und quetschte sich hindurch. Auf meiner Seite angekommen schüttelte sie sich heftig und ging ein paar Schritte, bevor sie sich zu mir umdrehte.

»Das muss ja was Wichtiges sein, wenn du am Heiligen Abend weglaufen willst.«

»Ist es auch. Heiliger Abend?« Hatte ich diesen Ausdruck nicht heute auch schon mehrmals von meinen Leuten gehört?

»Ja.« Minkas Schwanz zuckte ungeduldig. »Heute ist der Weihnachtsabend, ein wichtiger Tag für die Menschen. Da solltest du zu Hause bleiben. Vielleicht schenken sie dir sogar was. Außerdem ist es hier draußen ungemütlich. Ich für meinen Teil verschwinde nach drinnen.« Sie drehte sich um und lief quer durch den Garten auf das Nachbarhaus zu. Hinter der Hecke gab es ebenfalls einen Spalt im Zaun. Sie schlängelte sich hindurch und war verschwunden.

Heute war also der besondere Tag. Weihnachten.

Ich begann wieder zu graben, horchte aber immer mit einem Ohr, ob jemand nach mir rief. Doch es blieb still. Wahrscheinlich waren Herrchen und Frauchen noch immer mit ihren Geschenken und dem Papier beschäftigt.

Endlich war das Loch so tief, dass ich es wagen konnte hindurchzukriechen. Es ging leichter, als ich gedacht hatte. Ich rief mir den Geruch des alten Mannes ins Gedächtnis und rannte los.

Aus dem Auto hatten die Straßen des Dorfes allerdings ganz anders ausgesehen und ich lief zweimal im Kreis, bis ich endlich die Straße fand, in der ich ihn zum letzten Mal gesehen hatte. Ich senkte meine Nase auf den Boden und schnüffelte. Eine Unmenge an verschiedenen Gerüchen gab es hier. Sehr verwirrend, und schließlich war ich ja kein Suchhund. Ich lief den Gehsteig auf und ab, seine Fährte konnte ich jedoch nicht aufnehmen. Dann fiel mir ein, dass er auch auf der anderen Straßenseite wohnen könnte, und rannte hinüber. Noch einmal schnüffelte ich, fand aber nichts. Ich war so vertieft, dass ich die lauten Stimmen aus einem der Vorgärten nur am Rande wahrnahm. Plötzlich öffnete sich ein Gartentor und ein unförmig dicker Mann mit einem roten Mantel und einem riesigen weißen Bart trat auf die Straße. Ich erschrak und wich zurück.

»Hohoho, fröhliche Weihnachten!«, rief er mit polternder Stimme und winkte den Menschen am Hauseingang zu. Mit Schwung drehte er sich um und hätte mir dabei fast den riesigen Sack, den er bei sich trug, vor den Kopf geschleudert. Knurrend wich ich noch weiter zurück. Überrascht blickte der dicke Mann zu mir herab.

»Na, was denn? Du willst doch nicht etwa den Weihnachtsmann beißen?« Plötzlich klang seine Stimme ganz anders und überhaupt nicht mehr polternd. »Wo kommst du überhaupt her? Helga, guck mal, ist das nicht Sierings Hund? Der mit den ulkigen Schlappohren?«

»Tatsächlich. Ob er ausgebüxt ist?«, fragte eine Frauenstimme hinter dem Mann. Erst jetzt sah ich, dass dort eine zweite Person stand. Und die sah noch unheimlicher aus. Sie war ganz in weiß gekleidet, mit einem goldenen Ring über dem Kopf und großen Dingern am Rücken, die aussahen wie die ausgebreiteten Flügel eines Vogels. Dieser Anblick erschreckte mich derart, dass ich wie erstarrt stehenblieb. Und dann konnte ich nicht mehr an mich halten und bellte wie wild. Was waren das bloß für Gestalten? Sie rochen wie Menschen, aber solche Menschen hatte ich noch nie gesehen.

»Was ist denn da draußen für ein Lärm?«, hörte ich die ersten Rufe aus einem der Hauseingänge.

»Nur ein verrückter Hund«, antwortete der Bärtige, diesmal wieder mit lauter Stimme. Eine ältliche Frau trat auf die Straße. Allmählich wurde es mir ungemütlich. Dennoch bellte ich vorsichtshalber weiter. Das hält Angreifer normalerweise fern.

Die Frau trat näher. »Ach, der Bernd und die Helga! Spielt ihr wieder mal Weihnachtsmann und Christkind?«

»Für die Kinder«, bestätigte die Frau mit den Flügeln. »Anscheinend haben wir den Hund erschreckt.«

Wie recht sie hatte! Und weil mich jetzt alle neugierig anstarrten, hielt ich es für besser, das Weite zu suchen. Mit großen Sätzen machte ich mich davon und bog schließlich in einen Vorgarten ein, der zu einem der hohen Mehrfamilienhäuser gehörte. Hier beschloss ich, zunächst einmal zu verschnaufen und mich zu beruhigen. Doch daraus wurde nichts, denn als ich mich vor den Eingang setzte, roch ich plötzlich mehr als deutlich die Fährte des alten Mannes. Hastig schnüffelte ich an der nur angelehnten Eingangstür. Tatsächlich. Ich hatte ihn gefunden! Nun hieß es handeln, denn die Zeit lief mir weg und meine Familie suchte bestimmt schon nach mir.

Mit aller Macht sprang ich an der Tür hoch, doch sie ging nur ein kleines Stück weit auf, dann federte sie zurück. Ich musste es mehrmals versuchen, bis ich sie so weit geöffnet hatte, dass ich mich hindurchquetschen konnte. Sofort fiel sie wieder zu. Ich hatte mir dabei an den Rippen wehgetan und schüttelte mich entrüstet. Entschlossen lief ich zur Treppe und schnupperte noch einmal. Die Fährte führte nach oben, aber nicht weit. Schon im ersten Stockwerk fand ich die Tür, hinter der der Opa wohnen musste. Ich bellte und kratzte an der Tür, doch nichts geschah. Von drinnen waren Stimmen zu hören, die ähnlich klangen wie die, die bei meiner Familie aus dem Fernseher kamen. Also bellte ich lauter und kratzte mit beiden Pfoten.

»Was ist denn das?«, vernahm ich endlich die Stimme des Mannes und fast gleichzeitig seine näher kommenden Schritte. Ich ließ mich auf mein Hinterteil plumpsen und sah ihm hechelnd entgegen, als er die Tür öffnete. »Was ...?« Verblüfft starrte er zu mit herab.

Ich sah ihm an, dass er mich sofort erkannt hatte.

»Wie kommst du denn hierher?« Er streckte die Hand aus und ich leckte kurz daran. »Bist du deinem Herrchen etwa weggelaufen? Und wieso bist du dann hier?« Er blickte im Flur auf und ab. Kopfschüttelnd ging er vor mir in die Hocke und streichelte mir vorsichtig über den Kopf. Jetzt, wo sein Gesicht so nah war, stupste ich ihn mit der Nase am Kinn an. Das brachte ihn zum Lachen.

»Das gibt's ja nicht«, murmelte er. »Aber warte, du hast ja ein Halsband an. Wollen doch mal sehen ...« Er tastete mein Halsband ab und fand die kleine Kapsel, die Frauchen daran befestigt hatte. »Aha, sehr gut.« Er nestelte an dem Verschluss und hatte wenig später einen winzigen Zettel in der Hand. Ächzend richtete er sich auf und betrachtete den Fetzen Papier. »Der Familie Siering gehörst du also. Und hier steht auch ihre Adresse.«

Ich legte den Kopf auf die Seite. So war das also? Frauchen hatte einen Zettel in die Kapsel gesteckt, auf dem man erkennen konnte, wo ich wohnte? Wie praktisch! Mir war nämlich gerade eingefallen, dass ich den Opa ja irgendwie nach Hause bringen musste.

»Und dein Name ist Chester.«

Ich sprang auf und wedelte mit dem Schwanz. Der Opa lächelte. »Wenn du ihnen weggelaufen bist, suchen sie dich vielleicht schon. Und ausgerechnet am Heiligen Abend. Am besten bringe ich dich sofort nach Hause, mein Freund.« Er drehte sich um und verschwand in der Wohnung, kam jedoch wenige Augenblicke später in einen dicken Mantel gehüllt wieder zurück.

»Eine Leine habe ich leider nicht«, erklärte er. »Aber die Schnur hier dürfte auch reichen.« Er beugte sich erneut zu mir herunter und befestigte eine Kordel an meinem Halsband. Damit war ich einverstanden. So machten die Menschen es eben, wenn sie mit uns Hunden spazieren gingen. Er zog die Tür hinter sich zu und gemeinsam machten wir uns auf den Weg. Der alte Mann ging recht langsam, aber das störte mich nicht. Leichter Schneefall hatte eingesetzt, und die weißen Flocken bedeckten bereits die Straße.

Da es mittlerweile dunkel geworden war, blinkten die Lichter in den Fenstern der Häuser und die Lämpchen, die überall in den Büschen und Bäumen hingen, ganz besonders hell.

Als wir am Haus meiner Familie ankamen, stand das Gartentor weit offen, ebenso die Garage. Das Auto war weg. Ich zog ein wenig an der provisorischen Leine, damit sich der alte Mann beeilte.

»Langsam, langsam!« Er lachte und stolperte hinter mir die Stufen zur Haustür hinauf. Er drückte auf den Klingelknopf und wenige Augenblicke später wurde die Tür aufgerissen.

»Guten ... Bettina!« Der Opa starrte verblüfft auf mein Frauchen.

»Vater!« Auch Frauchen stand da wie vom Blitz getroffen. Dann sah sie mich. »Chester, wie kommst du ...?«

»Chester ist wieder da!« Max kam aus der Küche geschossen und stürzte sich auf mich. Ich ließ es mir nur zu gern gefallen, dass er mich umarmte, und wedelte mit dem Schwanz.

»Chester, Chester!« Nun kam auch Maya auf ihren stämmigen Beinchen angerannt und fiel über mich her.

Frauchen und der Opa blickten sprachlos auf uns herunter.

Der alte Mann Fans zuerst seine Sprache wieder. »Er stand plötzlich vor meiner Tür«, erklärte er. »Ich dachte, ich bringe ihn gleich zurück, weil ... Es ist ja Weihnachten, aber ...« Er stockte. »Ich wusste nicht, dass du hier wohnst.«

»Noch ... noch nicht lange«, stotterte Frauchen. Ich schüttelte mich, um die beiden Kinder nun doch loszuwerden, setzte mich und sah zu ihr hoch. Sie wirkte nicht sehr begeistert über mein Geschenk. Hatte ich etwa schon wieder etwas falsch gemacht? Der alte Mann reichte ihr die Leine. Sie nahm sie zögernd entgegen und blickte auf die beiden Kinder, die noch immer neben mir knieten und mich streichelten.

»Wir müssen Papa anrufen und ihm sagen, dass er nicht mehr zu suchen braucht.« Max sprang auf und holte das Telefon von der Konsole im Flur.

»Ja ... Ja, mach das.« Unschlüssig fuhr sich Frauchen durch die Haare, während Max sofort eine Nummer eintippte und einen Moment später in den Hörer rief: »Chester ist wieder da, Papa. Du kannst nach Hause kommen. Ja, so ein Mann hat ihn gebracht. Nein, weiß ich nicht. Moment mal.« Er drehte sich zu dem alten Mann um. »Wie heißen Sie?«

Der Opa lächelte. »Georg Plaidt ist mein Name.«

Max drehte sich wieder um. »Hast du gehört? Ja, gut, bis gleich.« Max legte das Telefon zurück. »Er kommt sofort.«

»Gut.« Mittlerweile schien Frauchen sich etwas gefangen zu haben, denn sie brachte sogar ein Lächeln zustande. »Geh mit Maya solange in die Küche.«

Als die beiden abgezogen waren, blickte sie den Opa an. »Nun?«

Georg Plaidt rieb sich das Kinn. »Ich wusste nicht, dass du hier wohnst«, wiederholte er. »Wenn ich es gewusst hätte ...«

»Was dann?« Frauchens Stimme wurde plötzlich scharf.

Ich hob verwundert den Kopf.

»Ich wäre eher hergekommen, um ...«

»Um was? Unser Empfangskomitee zu spielen? Nachdem du fast 15 Jahre verschwunden warst?«

Ich knurrte leise. Frauchens Tonfall gefiel mir überhaupt nicht. Sie schüttelte unwirsch den Kopf. »Du hast dich damals mit Mamas Ersparnissen davongemacht.« Sie verschränkte die Arme vor der Brust. »Ich wünschte, du wärst nicht hier aufgetaucht.«

»Bettina ...«

In diesem Moment bog Herrchen mit dem Auto in die Einfahrt ein. Er knallte die Tür hinter sich zu und rannte die wenigen Schritte bis zur Haustür herüber. »Guten Abend.« Er nickte Georg Plaidt zu und tätschelte kurz meinen Kopf. »Da ist ja unser Ausreißer. Bettina, willst du deinen Vater nicht hereinbitten?«

»Nein.« Frauchen wandte sich ab.

Plaidt zog den Kopf ein. »Sie wissen ... ich meine, du weißt, wer ich bin?«

»Komm herein.«

»Thomas!« Frauchen packte Herrchen verärgert am Arm, doch er winkte Georg einzutreten.

»Komm rein«, beharrte er. »Es ist schließlich Weihnachten, und das wollen wir doch nicht hier im Hauseingang feiern.«

»Ich will ihn nicht hier haben!«, wetterte Frauchen. »Er hat uns damals im Stich gelassen. Jetzt brauche ich ihn nicht mehr.«

Herrchen nickte. »Ich weiß. Dennoch wäre es besser, wenn ihr euch aussprechen würdet. Lasst uns ins Wohnzimmer gehen.«

»Und was ist mit der Bescherung für die Kinder?«

Herrchen legte ihr seinen Arm um die Schultern. »Die findet jetzt statt. Max, Maya, kommt ins Wohnzimmer! Das Christkind hat eine Überraschung für euch!«

»Dann bist du echt unser Opa?« Max starrte Georg Plaidt mit großen Augen an, nachdem Herrchen die ganze Geschichte erzählt hatte. Auch ich hatte aufmerksam gelauscht, wenn ich auch nicht alles verstanden hatte. Max anscheinend auch nicht. »Aber warum hat Mama denn immer gesagt, dass wir keinen Opa haben?«

Alle Blicke richteten sich auf Frauchen, der die ganze Sache unangenehm zu sein schien. Sie hob die Schultern.

»Weißt du, mein Vater, dein Opa, war ... lange weg, verschwunden. Er ist ...«

»Ich bin lange vor deiner Geburt weggegangen«, unterbrach Georg sie. »Und ich habe niemandem gesagt, wohin ich ging.«

»Warum nicht?« Max' Neugier war geweckt.

Georg seufzte. »Ich habe damals etwas sehr Schlimmes gemacht und musste ins Gefängnis.«

»Ins ...?« Frauchen starrte ihn an.

»Hast du einen umgebracht?« Max' Augen wurden kugelrund.

»Nein. So schlimm nun auch wieder nicht.« Georg lächelte leicht. »Ich habe in meiner Firma Geld veruntreut und beim Finanzamt falsche Angaben gemacht. Deswegen haben sie mich eingesperrt.«

»Du warst im Gefängnis?« Frauchen presste sich die Hand an die Stirn. Sie sah auf einmal sehr blass aus. Besorgt stupste ich sie mit der Nase an. Was war so schlimm am Gefängnis? Ich war auch dort gewesen, seit meiner Geburt. Warum man allerdings einen Menschen dort einsperrte, konnte ich mir nicht erklären. Und gesehen hatte ich so was auch noch nicht, da war ich mir sicher.

»Warum hast du nie etwas zu uns gesagt?«

Georg senkte den Blick auf seine Hände. »Ich hielt es für besser, euch aus dem Skandal herauszuhalten. Du und dein Bruder, ihr wart noch so jung, gerade aus der Schule. Und der Verlust eurer Mutter war schon schlimm genug.«

»Und da dachtest du, auch noch den Vater zu verlieren sei nicht so schlimm?« Nun klang Frauchens Stimme sehr kalt und bitter.

»Bettina, ich hielt es für das Beste. Tante Johanna hat sich eurer angenommen, und sie hat es gut gemacht. Was hätte euch ein Vater genützt, den ihr fast zehn Jahre lang im Gefängnis hättet besuchen müssen?«

»Und was ist mit Mamas Erbschaft geschehen?«

Traurig rieb sich Georg die Augen. »Ich hatte immense Schulden. Das Finanzamt hat die gesamte Erbschaft gepfändet.«

»O Gott.« Frauchen stützte den Kopf in die Hände. Herrchen setzte sich neben sie und zog sie an sich.

Und ich tat etwas, das mir eigentlich streng verboten war. Ich stützte meine Vorderpfoten neben Frauchen auf die Couch und legte ihr meinen Kopf aufs Knie. Ich wollte sie trösten, denn sie machte einen so unglücklichen Eindruck. Und wenn ich auch nicht wusste, warum, konnte ich es doch nicht ertragen, sie so niedergeschlagen zu sehen. Sie lehnte sich an Herrchen, ihre Hand wanderte jedoch in mein Nackenfell und ich spürte, wie sie mich leicht zu kraulen begann.

»Und was passiert jetzt?«, wollte Max wissen.

Wieder ruhten alle Blicke auf Frauchen, die sich erst nicht rührte. Plötzlich richtete sie sich auf. Rasch setzte ich mich auf mein Hinterteil, blieb jedoch in Habacht-Stellung. Sie sah nämlich wirklich sehr mitgenommen aus.

»Was bringt uns das Christkind denn für eine Überraschung?«, quengelte Maya dazwischen. Sie hatte anscheinend noch weniger verstanden als ich. »Darf ich die Geschenke auspacken?«

Herrchen stand auf und nahm sie auf den Arm. »Aber ja, das hätten wir beinahe vergessen.« Er trat mit ihr an den Weihnachtsbaum und hob ein buntes Päckchen auf, das inmitten vieler weiterer auf dem Boden lag. »Schau mal, das hier ist für dich.«

»Will runter!« Zappelnd grapschte Maya nach dem Geschenk.

Herrchen ließ sie hinunter, und sie riss strahlend an dem Papier.

Dabei fiel mir siedend heiß ein, dass noch etwas zu meinem Geschenk fehlte. Frauchen hatte damals im Auto gesagt, sie könne Max keinen Opa unter den Weihnachtsbaum legen. Jetzt hatte ich aber doch einen Opa gefunden, und wenn ich nicht irrte, war es sogar der richtige Opa. Also musste er auch zu den anderen Geschenken unter den Weihnachtsbaum.

In meinem Kopf arbeitete es.

Doch da stand Frauchen ebenfalls auf und trat zur

Tür. »Ich denke, es ist besser, wenn du jetzt gehst, Vater.«

»Bettina ...« Herrchen wollte etwas sagen, doch sie schüttelte den Kopf.

»Ich weiß nicht, was ich von der ganzen Sache halten soll. Es ist Weihnachten, und ...«

»Aber gerade deswegen ...« Sanft zog Herrchen sie beiseite und redete leise auf sie ein. Georg stand mit gesenktem Kopf daneben und schwieg. Max hockte ratlos auf der Sofakante. Nur Maya kämpfte noch immer jauchzend mit der Geschenkverpackung.

Panik stieg in mir hoch. Frauchen durfte ihn doch jetzt nicht einfach wegschicken. Wo ich mir so viel Mühe gegeben hatte, ihn herzubringen. Das konnte ich nicht zulassen! Fieberhaft suchte ich nach einer Lösung. Da fiel mein Blick auf das glitzernde Lametta am Weihnachtsbaum. Hatte Herrchen mir nicht verboten, es zu fressen, weil es krank machte? Das war es! Ich hechtete zum Baum, schnappte nach dem silbrigen Glitzerzeug und zerrte es von einem der Äste. Dabei fegte ich ein goldenes Glöckchen und eine rote Kugel zu Boden, doch das war mir egal. Ich kaute ein bisschen auf dem Lametta herum – es schmeckte ekelhaft – und passte höllisch auf, nichts davon zu schlucken. Dann warf ich mich auf die Seite und stieß ein Husten aus. Als niemand reagierte, versuchte ich es mit Röcheln und, wie ich hoffte, herzzerreißendem Jaulen.

»Papa, Chester hat irgendwas!« Max sprang als Erster auf und kam zu mir. »Papa, schnell, ich glaube, er hat Lametta gefressen!«

»Was?« Herrchen und Frauchen stürzten gleichzeitig auf mich zu und knieten sich neben mich.

Ich spuckte die Lamettafetzen aus.

»Oje, dieser dumme Hund!« Frauchen hob meinen Kopf an und untersuchte meine Schnauze. »Hoffentlich hat er nichts geschluckt.«

»Was is' mit Chester?« Nun kam auch Maya angekrochen und tätschelte meine Seite. »Is' Chester krank?«

»Das wissen wir nicht, Liebes«, antwortete Herrchen. »Er hat anscheinend Lametta gefressen.«

»Muss er jetzt kotz...«

»Max!«, riefen Herrchen und Frauchen gleichzeitig und er zog den Kopf ein.

»Muss er jetzt zum Tierarzt?«, fragte Maya mit banger Stimme.

»Lasst mich mal sehen.« Georg trat ebenfalls zu mir und ich wagte es, den Kopf zu heben. Er ging neben mir in die Hocke und untersuchte mich ebenfalls. »Wir hatten mal eine Katze, die auch immer Lametta gefressen hat. Weißt du noch, Bettina? Sie hat aber immer nur darauf herumgekaut und es nie geschluckt. Vielleicht hat ihr nur der Geschmack gefallen.«

»Stimmt, ich erinnere mich. Wir haben ihr aber trotzdem immer Milch eingeflößt. Ob wir das bei Chester auch machen sollen?« Frauchen richtete sich unsicher auf. Anscheinend war ihr gar nicht aufgefallen, dass sie plötzlich ganz normal mit Georg geredet hatte. Ich hielt den Moment jedoch für goldrichtig. Ich rappelte mich auf und sprang den noch immer hockenden Opa an. Er stieß einen erschreckten Laut aus, konnte sich natürlich nicht mehr halten und kippte rücklings unter den Weihnachtsbaum. Zu Sicherheit stellte ich ihm meine Vorderpfoten auf die Brust und leckte ihm übers Gesicht.

Für einen Moment herrschte um mich herum verblüfftes Schweigen, dann begann Maya zu kichern. Auch Max gluckste.

»Mama, Chester hat unseren Opa unter den Weihnachtsbaum geschubst! Komm her, Chester!«

Ich ließ von dem Opa ab und trabte zu Max hinüber.

»Was war das denn?« Georg rappelte sich umständlich auf und wischte sich mit dem Ärmel übers Gesicht.

»Chester mag dich«, erklärte Maya und wandte sich entschlossen ihrem Geschenk zu.

»Es scheint ihm wieder gut zu gehen«, befand Max und streichelte mich am Rücken. »Und was machen wir jetzt?«

Herrchen wies auf den Geschenkeberg. »Ich denke, wir sollten sehen, was das Christkind uns gebracht hat. Was meinst du, Bettina?«

Frauchen blickte zwischen den Geschenken und ihrem Vater, der noch immer auf dem Boden saß, hin und her. Zögernd nickte sie. »Ja, ich denke, das sollten wir tun. Vater ...«

»Kann Opa mit uns feiern?« Max hatte sich vor die Geschenke gekniet und suchte sich eines heraus, auf dem sein Name stand. »Es ist doch Heiligabend.«

»Also ...« Frauchen hob die Schultern, dann nickte sie. »Na gut, was soll's. Setzen wir uns aufs Sofa.« Sie streckte Georg die Hand hin, um ihm beim Aufstehen behilflich zu sein. Einen Augenblick standen sie sich schweigend gegenüber.

Unvermittelt lächelte Georg. »Frohe Weihnachten, Bettina.«

»Frohe Weihnachten, Vater.« Ihre Stimme klang ein wenig belegt, und ihr Lächeln wirkte noch etwas gezwungen, aber ich hatte es geschafft. Der Opa durfte bleiben. Ich stupste ihn noch einmal an und legte mich, als alle um den Couchtisch herumsaßen, auf Frauchens Füße.

»Ja, ja, du bist der Beste, was?« Sie tätschelte meinen Kopf.

Da hatte ich nichts hinzuzufügen.